Bildnis einer unbekannten Frau

Historischer Roman

Peter Devaere

**EDITION
ZEELAND**

Impressum

© 2025 Peter Devaere

Paperback: ISBN 979-8-9928155-0-4

Hardback: ISBN 979-8-9928155-1-1

1. Auflage 2025

Published by Edition Zeeland

Edition Zeeland is an Imprint of Splendid Island LLC

Suite 101, 3833 Powerline Road

33309 Fort Lauderdale USA

Inhaltsverzeichnis

Kapitel 1

Im Frühling 1667 erwarb Balthasar de Koninck den Nachlass des Landschaftsmalers Adam Heck. Es regnete seit drei Tagen, und das Wasser tropfte von seinem schwarzen Hut bis auf seinen Bauch. De Koninck war ein Mann von Anfang fünfzig, der aussah, als wäre er einem der Porträts der Haarlemer Schützengilde entsprungen, die Frans Hals in seinen frühen Jahren gemalt hatte. Er lächelte zufrieden. Der Nachlass enthielt zwei Ruisdaels, eine Seeschlacht von Van de Velde, ein Wirtshaus mit Karten spielenden Bauern von Cornelis Bega und sogar eine Jagdszene von Melchior d'Hondecoeter.

Und ein Frauenporträt.

Wieder eine dieser unverkäuflichen Witwen, dachte de Koninck. Er hatte sich das Gemälde nicht einmal richtig angeschaut, als er den Inventar abtransportieren ließ. Wie so viele Maler hatte sich auch Heck im Kunsthandel versucht. Erfolgreich wird er dabei nicht gewesen sein, dachte de Koninck.

Abgesehen von seinen Gemälden war Adam Heck mittellos gestorben.

Er ließ das Porträt in die hintere Kammer seines Herrenhauses bringen, einen Raum ohne Fenster, in dem er unverkäufliche Werke lagerte. Mit den Jahren hatten sich dort hunderte Gemälde und Zeichnungen angesammelt. Es gab misslungene Anfänger-Werke, Kopien, die Lehrlinge von den Werken ihres Meisters hatten anfertigen müssen, und sogar Gemälde, die aus irgendeinem Grund nie zu Ende gemalt worden waren. De Koninck nannte die Kammer deshalb seine Abfallkammer. Mit der Zeit war sie ihm ein Dorn im Auge geworden. Er hatte sogar überlegt, den gesamten Inhalt zu verbrennen.

Etwas hatte ihn dann doch davon abgehalten. Vielleicht weil er zu beschäftigt war. Oder weil er aus einer verstaubten Malermappe doch eine Skizze oder eine Zeichnung hervorgekramt hatte, die in seinen Augen Gnade fand. Als hielte seine Abfallkammer hin und wieder eine Überraschung für ihn bereit, genauso wie man in der Tasche eines alten Mantels eine vergessene Münze findet.

Und de Koninck liebte nichts mehr, als Dinge zu entdecken, die andere übersehen hatten. Er betrachtete seinen Beruf als eine Art Schatzsuche. Es war ihm egal, wenn man ihn als Wucherer ansah, der die Naivität von Witwen und jungen Malern ausnutzte. Er wusste, wie man Gemälde an die reichen und eitlen Bürger Haarlems verkauft. Er gab ihnen das Gefühl, dass Herr de Koninck etwas speziell für sie ausgesucht hatte. Dann pflegte er Sätze zu sagen wie: „Als ich dieses kleine Seegesicht zum ersten Mal sah, habe ich sofort an Sie gedacht, Herr H."

Nie hätte de Koninck gedacht, dass ihn ein Traum dazu veranlassen würde, seine Abfallkammer aufzusuchen. Wenn er schon von Gemälden träumte, dann war es von einem Porträt des Prinzen oder von einem der Gruppenbilder, von denen Rembrandt oder Hals mehrere gemalt hatten. Einmal hatte er sogar geträumt, dass er einen Titian hatte erstehen können. Werke von Rubens, Titian oder Rafael waren für ihn unerreichbar. Er würde Geld leihen müssen, wenn er je die Chance erhielt, eins dieser Gemälde zu ergattern. Nur das Kunstunternehmen Uylenburgh in Amsterdam, für das Rembrandt gearbeitet hatte, konnte sich diese

Gemälde leisten. Aber nicht ohne sich gründlich zu verschulden, dachte de Koninck.

Eines Morgens war er aus einem Traum aufgewacht. Es war das Porträt der unbekannten Dame, von dem er geträumt hatte. Er erinnerte sich kaum noch an die Details, das Bild der Frau in ihrem schwarzen Kleid stand ihm jedoch deutlich vor Augen. Sie hatte sich etwas aus dem Bilderrahmen hervorgebeugt, als wolle sie ihm etwas mitteilen. Nachdem er seine Augen wachgerieben hatte, versuchte er sich im Bett zu erinnern, was die Frau zu ihm gesagt haben konnte. Vielleicht hatte sie auch nur geflüstert und er hatte es kaum verstehen können.

Nach dem Aufstehen trank er eine Tasse Kaffee. Seine Magd Neeltje hatte sie ihm singend hingestellt. Er hatte diese Gewohnheit vor einigen Jahren angefangen. Das Getränk hatte er im Kaffeehaus von Meister Kit in der Warmoesstraet in Amsterdam kennengelernt. Der Pfeifengeruch hatte ihn zwar angewidert, aber der Kaffee hatte ihm gefallen. Es war am Morgen besser, Kaffee zu trinken als immer nur Bier oder gar Wein. Das neue Getränk machte ihn heiter. Seit dem Tag stellte ihm Neeltje jeden Morgen eine große Tasse hin. Am besten stark und schwarz, wie er betonte.

Während er das heiße Getränk in kleinen Schlückchen genoss, kam ihm wieder der Traum in den Sinn. Eigentlich misstraute de Koninck allem, was man nicht sehen oder anfassen konnte. Träume und jede Form der Wahrsagerei waren ihm zuwider. Alles, was nicht gesehen oder genau gemessen werden konnte, existierte für ihn nicht. Warum sollte er also in seiner Abfallkammer nachschauen, was es mit dem Frauenporträt auf sich hatte? Es war lächerlich, sich auch nur die Mühe zu machen. Aber nachdem Neeltje ihm eine zweite Tasse eingeschenkt hatte, stand er auf einmal auf und begab sich in den hinteren Teil des Hauses, wo sich die Kammer befand. Aus der Ferne war nur noch Neeltjes leiser Gesang zu hören. Was soll's, sagte er sich, als er den Schlüssel umdrehte. Ein wenig Licht fiel vom Flur in den dunklen Raum.

Kapitel 2

De Koninck hatte eigens ein Zimmer eingerichtet, um seinen Kunden Bilder zu präsentieren. Dazu hatte er das große Zimmer zum Garten gewählt, das an der Nordseite des Hauses lag. Hier fiel das Licht günstig in den Raum. Eine bürgerliche Familie in Haarlem hätte ihren Salon dort eingerichtet, aber bei de Koninck war dieser Raum ausschließlich dem Betrachten von Gemälden gewidmet, weil sich bei ihm nun mal alles um Gemälde drehte.

Auf den Staffeleien standen bereits die Seeschlacht von Van de Velde, das Jagdstück von d'Hondecoeter und eine Landschaft mit Windmühle von Ruisdael. Mit diesen drei Gemälden würde er mehr einnehmen, als ihn Hecks kompletter Nachlass gekostet hatte.

Er musste die Windmühle von Ruisdael von der Staffelei nehmen, damit er das Porträt der unbekannten Frau in Ruhe betrachten konnte. Er rückte es etwas weiter ins Tageslicht und machte dann drei Schritte zurück. Es war ein ruhiger Morgen. Die Sonne schien zwar nicht, aber helles Licht fiel in den Raum und beleuchtete das Porträt vor ihm.

Es war besser, als er zunächst gedacht hatte. Der Maler hatte die Frau in ihrem Kleid aus schwarzer Seide gut getroffen. Es erinnerte ihn an einige Porträts von Van Dyck, doch die Malweise war eleganter – fast wie ein Porträt von Frans Hals, jedoch ohne dessen freimütigen Pinselstrich. Es gab tausende solcher Porträts in der Republik. Sie dienten meist dazu, die Eitelkeit ihrer Auftraggeber zu befriedigen.

Er ließ seinen Blick über das schwarze Kleid gleiten. Schwarz war die schwierigste Farbe zum Malen. Um ein tiefes Schwarz der Kleider zu erreichen, mischten die Porträtisten dunkles Blau mit Rot. Sie schufen damit oft einen reichen, dunklen Purpur oder ein Braun, das dem Betrachter wie Schwarz erschien. Zudem war es dem Maler gelungen, an den richtigen Stellen graue Flächen zu malen, um die Illusion eines tiefschwarzen Seidenstoffs zu erzeugen. Fast wie bei Rubens oder Jordaens, dachte de Koninck.

Als er schließlich das Gesicht der Frau studierte, das aus dem weißen Spitzenkragen hervorschaute, erkannte er, dass sie jünger war, als er zunächst gedacht hatte. Es war das Gesicht einer Frau, die nicht viel älter sein konnte als seine Schwester. Es konnte unmöglich von der Hand von Adam Heck stammen. Dafür war es einfach zu gut. Außerdem war Heck Landschaftsmaler, kein Porträtist. Ein wahrer Meister musste das Bild gemalt haben – einer, der es mit einem Hals oder gar einem Rembrandt aufnehmen konnte. Aber wer?

Heck hatte eine Liste, in der seine Gemälde verzeichnet waren. Doch das Porträt wurde mit keinem Wort erwähnt. Auch gab es weder auf der Rückseite noch auf dem Rahmen Hinweise auf seine Urheberschaft.

Er hatte mit Frans Hals, mit dem er persönlich befreundet war, öfter über das Malen von Porträts diskutiert. Mehrfach hatte er ihn in seinem Atelier in Haarlem besucht. Besonders beeindruckt hatte ihn Hals' Porträt von Isaac Massa und dessen Frau Beatrix Van der Laen. In diesem Werk war es Hals gelungen, die Schwarzschattierungen meisterhaft darzustellen. Er besaß die Fähigkeit, Virtuosität und Echtheit zu kombinieren.

De Koninck warf einen Blick auf die schwarze Seide des Kleides in seinem Porträt. Der Maler könnte bei Hals in die Lehre gegangen sein. Ja, dachte er, während sein Blick über die Falten des Kleides schweifte, der Pinselstrich verrät ihn. Der Stil war eleganter und etwas zurückhaltender als der seines Meisters, als wolle der Maler seine Herkunft leugnen. Doch das konnte er nicht. Man sah es bei jedem Strich, den der Pinsel auf die Leinwand gebracht hatte. Wenn es also ein Schüler von Hals war – wer könnte es gewesen sein?

Frans Hals' Bruder Dirck hätte es malen können, doch der fertigte nur wenige Porträts an. Van Roestraeten hatte eine Zeit lang in Hals' Atelier gearbeitet und lebte noch, zumindest war dies das Letzte, was er von ihm gehört hatte. Allerdings müsste er dann nach London segeln, wo van Roestraeten lebte – eine Vorstellung, die de Koninck nicht besonders gefiel.

Doch er wusste, dass er gar nicht so weit suchen musste. Das Porträt der unbekannten Frau war hier in Haarlem entstanden. Als er es auf die Staffelei gestellt und zum ersten Mal genauer betrachtet hatte, war er sich dessen ziemlich sicher gewesen. Aber er wollte sich die Übung nicht verkneifen, eine gründliche Analyse vorzunehmen. Sie bestand darin, diejenigen Maler auszuschließen, die das Bild *nicht* hätten malen können oder die aufgrund ihres Stils oder ihrer Sujets nicht infrage kamen.

Etwas betrat den Raum – seine Katze, die sich an sein Bein schmiegte. De Koninck wollte nicht, dass seine Magd das Bild zu Gesicht bekam, wenn sie den Raum zum Abstauben und Fegen betrat. Es war ein ungewöhnlicher Gedanke, aber de Koninck hatte das Gefühl, das Bild vor ihren neugierigen Blicken schützen zu müssen.

Er nahm das Porträt von der Staffelei und stieg die breite Treppe hoch, die zum ersten Stock führte, wo sich sein Arbeitszimmer befand. Neeltje hatte nur Zutritt, wenn er sie ausdrücklich dazu aufforderte, zum Abstauben und Fegen einzutreten. Sobald sie dies unter seinem wachsamen Auge getan hatte, begleitete er sie hinaus und schloss die Tür hinter ihr ab.

Sein Arbeitszimmer war der Ort, an dem de Koninck seine Geschäftsbücher aufbewahrte. Außerdem stand in einer Ecke ein Koffer mit Verträgen, seinen Anteile an der VOC und mehreren Beuteln voller Golddukaten. Nur de Konincks Katze hatte stets Zutritt. Sie legte sich meist auf das verschlissene Kissen des alten Sessels neben seinem Schreibtisch. Solange er an seinen Büchern arbeitete, blieb sie dort. Sobald er sein Arbeitszimmer verließ, verließ auch seine Katze den Raum.

Er stellte das Porträt auf die Staffelei, die stets in seinem Arbeitszimmer stand, um Gemälde zu studieren. Dann holte er eine alte Decke aus der Kommode im Flur und bedeckte das Porträt damit. Er würde es nicht zum Verkauf anbieten.

Kapitel 3

De Koninck wusste von Anfang an, dass niemand Geringeres als der große *Verspronck* das Porträt gemalt hatte. Zumindest wiesen alle Indizien auf Johannes Verspronck hin. Er hatte als junger Maler im Atelier von Frans Hals gearbeitet. Sein Pinselstrich war zwar weniger überschwänglich als der von Hals, aber Hals' Einfluss war unzweifelhaft in all seinen Porträts zu sehen. Versproncks Kunden waren die wohlhabenderen Familien in Haarlem, die de Koninck natürlich alle kannte. Im Laufe der Jahre war es in diesen Kreisen sogar zu einem Zeichen guten Geschmacks geworden, einen oder gar mehrere Versproncks zu besitzen. Nicht selten bestellten Ehepaare bei ihm gleich ein Doppelporträt. Verspronck war, mehr noch als Hals, der Stadtmaler gewesen.

Verspronck fertigte keine Skizzen an, sondern zeichnete die ersten Konturen eines Porträts mit schwarzer Kreide oder dünner schwarzer Farbe auf der Leinwand vor – genauso, wie Rembrandt es in Amsterdam machte. Hals dagegen begann gleich mit der Farbe. Bereits bei diesen ersten Konturen suchte Verspronck die Präzision, wenn es beispielsweise um die Darstellung von Krägen oder Manschetten aus Spitze ging. In seiner eigenen Ausbildungszeit hatte de Koninck selbst tagelang an einem Kragen aus Spitze gearbeitet. Er wusste, was es bedeutete, so etwas zu malen, auch wenn er es längst nicht so gut konnte wie Verspronck. Rembrandt und Hals waren hingegen längst zur Sgraffito-Technik übergegangen. Dabei wurde eine Grundfarbe – meist Schwarz oder Braun – aufgetragen, die als Hintergrund diente. Darüber folgte eine zweite Farbschicht, häufig Weiß oder Elfenbein. Mithilfe eines Pinselgriffs oder einer feinen Nadel wurde die obere Farbschicht abgekratzt, wodurch die darunterliegende dunkle Farbe die filigranen Muster der Spitze entstehen ließ. Nach dem Kratzen malten sie mit einem dünnen Pinsel kleine Details wie Faltenwürfe oder setzten mit silberner Farbe Lichtreflexionen, die der Spitze einen besonderen Glanz verliehen.

Verspronck beherrschte diese Technik selbstverständlich ebenfalls. Doch um die oft teure Spitze seiner Kunden darzustellen, benutzte er bevorzugt einen kleinen Pinsel mit weißer Farbe.

Er „zeichnete" die Muster gewissermaßen auf eine dunklere Unterschicht. Der Gesamteindruck, den er damit erzielte, war beeindruckend und kam echter Spitze sehr nahe.

Je mehr de Koninck das Porträt studierte, desto mehr war er überzeugt, dass nur Johannes Cornelius Verspronck es gemalt haben konnte. Aber wie war es in den Besitz von Adam Heck gelangt? Solche Porträts kosteten oft über hundert Gulden. Es kam ihm der Gedanke, dass es sich um eine Kopie handeln könnte. Aber wenn es eine Kopie war, dann eine von außergewöhnlicher Qualität. Wer wäre in der Lage, einen solchen Verspronck zu erschaffen, und vor allem – warum? Kopien von gelungenen Gemälden wurden häufig angefertigt, meist von einem Schüler des Meisters, damit das gleiche Motiv ein weiteres Mal verkauft werden konnte. Es war in vielen Malerwerkstätten übliche Praxis, und niemand nahm daran Anstoß – zumindest nicht, wenn es sich um eine Landschaft oder ein Stillleben handelte. Wer ein Porträt des Prinzen wollte, konnte eins bestellen. Es wurde entweder von einem bestehenden Porträt kopiert oder von der Kopie einer Kopie.

Doch im Fall der unbekannten Frau lag die Sache anders. Vielleicht gab es diese Person gar nicht, und das Porträt war eine idealisierte Darstellung, dachte de Koninck. Die Dargestellte war einfach zu hübsch. Es war eine Frau, die es so nicht gab – oder nur sehr selten. Zumindest nicht in den bürgerlichen Kreisen Amsterdams oder Haarlems.

Kapitel 4

Wenn de Koninck seine Schwester Anna Theodora besuchte, hatte er immer ein Geschenk für ihre beiden Töchter Johanna und Maartje dabei. Einmal brachte er ein komplettes Puppenhaus aus Eiche und Zedernholz mit. Es enthielt ein Empfangszimmer, eine Küche und ein Esszimmer. Außerdem hatte der Erbauer des Puppenhauses ein Ankleidezimmer, ein Kinderzimmer, ein Wöchnerinnenzimmer und sogar einen Torfdachboden eingebaut. Alle Möbel waren aus authentischen Materialien gefertigt, und die Proportionen stimmten genau. In der Küche und im Empfangszimmer hatte er sogar Miniaturgemälde anbringen lassen, die echten Gemälden von Frans Hals, Adriaen van Ostade und Pieter Saenredam nachempfunden waren. Allein schon für die Anfertigung dieser Miniaturgemälde hatte er ein kleines Vermögen ausgegeben. Er hatte sogar den kleinsten Pinsel des Miniaturmalers gekauft, damit er im Puppenhaus als Besen für die Magd dienen konnte. Als er sah, dass Maartje das Puppenhaus zu fegen begann, lächelte er zufrieden. Kein Wunder, dass er bei den beiden Mädchen beliebt war. Sein bloßes Erscheinen versetzte das Stadthaus seiner Schwester in helle Aufregung.

Er pflegte Anna Theodora meist dann zu besuchen, wenn ihr Mann einige Monate mit einem Schiff der niederländischen Ostindien-Kompanie nach Indien fuhr. Nachdem er die Geschenke verteilt hatte, setzte er sich mit ihr an den großen Eichentisch im Zwischenzimmer, der immer mit einem Perserteppich bedeckt war. Ihr Mann Adriaen hatte ihn von einer seiner vielen Reisen mitgebracht. Anna Theodora schob den Teppich etwas zur Seite und holte zwei Weingläser, aus denen sie einen guten französischen Burgunder tranken.

Anna Theodora war erneut schwanger, obwohl man es kaum sehen konnte. Ihr Bruder war jedoch immer der Erste, der es erfuhr. Als sie es ihm erzählte, hatte de Koninck eine Augenbraue hochgezogen, als würde er jetzt schon Komplikationen befürchten. Sie hatte bereits eine Fehlgeburt gehabt, und ein Kind war nach zwei Monaten gestorben. Er sorgte sich, dass seiner Schwester etwas zustoßen könnte. Die Besuche bei ihr würden ihm fehlen. Vielleicht waren es genau diese Gedanken, die ihn davon abhielten, erneut zu heiraten. An Angeboten mangelte es nicht. Aber die Vorstellung, eines Tages zwischen dem Leben eines Kindes und dem der Mutter entscheiden zu müssen, schreckte ihn ab. De Koninck blieb kinderlos – bis an sein Lebensende. Ihm reichte es, hin und wieder die Kinder seiner Schwester zu sehen.

Er nahm einen großen Schluck und stellte das Glas mit einer etwas übertriebenen Geste auf den schweren Eichentisch. Dann wischte er den Wein weg, der an seinem Schnurrbart hängengeblieben war, und betrachtete das hellblaue Seidenkleid, das seine Schwester trug. Es war ein schönes Kleid, fand er. Bald würde sie es nicht mehr tragen können, wenn das Kind in ihrem Bauch zu wachsen begann. Einen Moment lang überlegte er, ob er ihr von dem Porträt der unbekannten Frau erzählen sollte. Sie würde ihn auslachen oder nur den Kopf schütteln. Er, Balthazar de Koninck, einer der begehrtesten Junggesellen Haarlems, könnte fast jede Frau in der Stadt haben. Und ausgerechnet er verliebte sich in die Augen eines Porträts. Es wäre unmöglich, seiner Schwester diese Fantasie zu erklären. Aber Anna

Theodora kannte ihren Bruder. Sie spürte, dass er etwas verschwieg.

„Ist etwas, Balthazar?", fragte sie. „Nein, nein", sagte er, „ich habe mir nur dein schönes Kleid angeschaut. Ist es neu?" „Ja, Adriaen hat es bei einer flämischen Näherin machen lassen. Es steht mir gut, findest du nicht?" „Es steht dir ausgezeichnet", sagte er abwesend. Er dachte an die Frau auf dem Porträt in seinem Arbeitszimmer. Wenn er sie fände, würde er ihr ebenfalls ein blaues Kleid schneidern lassen. Das würde ihr bestimmt besser stehen als das Schwarz, das sie trug. Schwarz war zwar die übliche Farbe für solche Porträts, aber es machte Frauen zu Witwen. Das Blau hingegen… „Ja, das ist wirklich schön", murmelte er leise.

„Wollte Adriaen nicht auch einmal ein Porträt von dir machen lassen?"

Anna Theodora schaute ihn einen Moment lang an und brach dann in schallendes Gelächter aus. „Ein Porträt? Von mir? Wozu soll das gut sein? Damit meine Enkelkinder eines Tages sehen können, wie ich einmal ausgesehen habe?" Die Vorstellung amüsierte sie so sehr, dass sie sich verschluckte, als sie von ihrem Wein trank. Das brachte sie nur noch mehr zum Lachen.

„Was ist daran so lustig? Es gibt unzählige Porträts von Männern und Frauen. Wenn es einer wissen muss, dann ich."

„Und trotzdem brauche ich das nicht. Es gibt schon viel zu viele davon. Überall, wo man eingeladen wird, werden zuerst die neuen Porträts gezeigt. Und meistens sind sie hässlich, in diesem Schwarz. Außerdem wüsste ich keinen Maler, der gut genug wäre, um Adriaen treffend zu malen."

Sie hatte Adriaen gemeint und nicht sich selbst, bemerkte de Koninck.

„Jan de Bray könnte es", sagte er und leerte sein Glas. Anna Theodora beeilte sich, es gleich wieder zu füllen. Er sah mit einer Mischung aus Wohlwollen und Schrecken zu. Sie wollte, dass er endlich einmal von sich erzählte. Sie hatte gelernt, dass es sinnlos war, ihn direkt nach den Frauen in seinem Leben zu fragen, denn dann lenkte er das Gespräch immer auf ein anderes Thema. Aber wenn es eine Person gab, mit der de Koninck wirklich über Frauen sprach, dann war es seine Schwester. So war es auch gewesen, als er Witwer wurde. Er hatte ihr sein ganzes Elend geschildert. Seine Frau war seine Stütze gewesen. Er vermisste sie. Und er machte den schrecklichen Fehler, jede heiratsfähige Frau mit seiner verstorbenen Frau zu vergleichen.

„Du solltest sie endlich vergessen und dein Leben leben", hatte sie ihm ins Gewissen geredet. „Du hast recht, du hast recht", hatte er in einem nachdenklichen Ton gesagt. Aber tief in seinem Herzen sehnte er sich noch immer nach ihr, obwohl sie fast zehn Jahre tot war. Bei jeder Frau, die ihm in Haarlems Gesellschaft vorgestellt wurde, sah er seine verstorbene Frau vor sich. Es war, als gäbe es nur sie. Er konnte es sich nicht erklären, warum er ihr so sehr nachhing. Aber es gab kaum jemanden, der ihn darin besser verstand als seine Schwester. Sie wusste, dass ihr Bruder ein anhänglicher Mensch war. Hatte er einmal jemanden ins Herz geschlossen – was selten vorkam –, war er unglaublich treu.

Anna Theodora ahnte, dass es eine Frau in seinem Leben gab, über die er nicht sprechen konnte. Vielleicht, weil er unsicher war – wie Männer oft sind, wenn Gefühle im Spiel sind. Sie spürte, dass ihm etwas auf der Zunge lag, vermied es jedoch, ihn direkt zu fragen. Stattdessen wunderte sie sich, warum er das Thema gewechselt hatte und von gemalten Porträts sprach. Ihr Bruder wusste doch, dass sie sich kaum für Malerei interessierte. Sie hatte in ihrem Elternhaus genug davon gehört und war froh, in Adriaen einen Mann gefunden zu haben, der sich nicht für Kunst interessierte. All das wusste ihr Bruder natürlich.

Als er bereits gegangen war, grübelte sie immer noch über das Gespräch. Er hatte ihr neues Kleid gelobt, was er sonst nie tat. Sie fand, dass sich ihr Bruder merkwürdig verhalten hatte. Immer wieder hatte er verträumt aus dem Fenster geschaut oder an die Wand, als wäre dort etwas zu sehen gewesen, das sie nicht sehen konnte. Aber wenn es eine Frau im Leben ihres Bruders gab, war es noch zu früh, danach zu fragen. Sie legte ihre Hand auf die Stelle, an der das Kind in ihrem Bauch wuchs. Ihr Bruder hatte seine Hand nicht dort hingelegt, aber er hatte immer wieder dorthin geblickt, als wäre er in der Lage, Dinge zu sehen, die anderen verborgen blieben.

Kapitel 5

Balthasar de Koninck lebte allein mit seiner Magd Neeltje in einem Herrenhaus, das eigentlich viel zu groß war. Mehrere Zimmer standen leer und wurden selten betreten. Neeltje hatte er auf Empfehlung seines Freundes Jan de Bray angestellt. Er hatte nicht einmal ein Empfehlungsschreiben von seiner neuen Magd verlangt, da er wusste, dass er sich auf das Urteil seines Freundes verlassen konnte. Er hatte ihr ein Zimmer im zweiten Stockwerk zugewiesen, und sie schlief in einer Nische zwischen den warmen Backsteinen des Schornsteins und der Hauswand.

Nach dem Aufstehen holte sie Holz aus dem Keller, um den Küchenofen anzumachen. Danach kochte sie de Koninck schwarzen Kaffee – eine Aufgabe, die sie gerne erledigte. Sobald er die Küche verlassen hatte, kochte sie sich selbst noch eine Tasse. Dann machte sie sich daran, die schwarz-weißen Fliesen der Eingangshalle mit Wasser und Sand zu schrubben. Anschließend schrubbte sie die Haustreppe und ließ das restliche Wasser auf die Straße laufen. Am Montag staubte sie das Empfangszimmer und de Konincks Schlafzimmer ab. Falls nötig, wischte sie die Fliesen oder die Dielen mit Seife. Am Mittwoch fegte und schrubbte sie nicht nur die Eingangshalle, sondern das ganze Haus. Die Teppiche trug sie in den Hof, schüttelte sie aus und klopfte sie mit einem Teppichklopfer ab. Einmal im Monat polierte sie die Kerzenständer aus Kupfer und Silber sowie das teure Geschirr mit Kreidepulver oder Asche. Am Freitag putzte sie die Küche und den Keller. Nach dem Putzen machte sie de Konincks Bett. Sie schüttelte die Kopfkissen auf und stellte sie eine Stunde lang auf, damit die Federn atmen konnten. Gab es Motten, behandelte sie diese umgehend mit Kampfer. Die Laken und Decken wusch sie in der eigens dafür eingerichteten Waschküche im Keller.

Da de Koninck regelmäßig Kunden empfing, war die Pflege des Empfangszimmers und des Gemäldezimmers eine besondere Aufgabe, der sie sich mit der allergrößten Sorgfalt widmete. Nirgends sollte auch nur das kleinste Staubkorn, der geringste Schmutz oder ein Haar von de Konincks Katze zurückbleiben. Sie staubte die Möbel und die Holzvertäfelung mit einem Staubtuch oder einem Staubwedel ab.

Erwartete de Koninck einen Kunden, schickte er sie Stunden vorher in das Gemäldezimmer, um nichts dem Zufall zu überlassen. Es sollte der Eindruck entstehen, dass im Hause de Koninck alles mit größter Sorgfalt geschah. Sein Haus sollte als die Adresse für erlesene Kunst schlechthin gelten. Neeltjes Aufgabe war es, dafür zu sorgen, dass das ganze Haus und alle Einrichtungsgegenstände glänzten. Die Kunden sollten den Eindruck gewinnen, sie hätten einen Palast betreten, in dem es nur die besten Kunstwerke zu kaufen gab. De Koninck hatte ihr beigebracht, wie sie die Rahmen der Gemälde zu reinigen hatte. Dafür mussten besondere Leinentücher verwendet werden, die weich genug waren, um keine Kratzer zu hinterlassen. Er hatte ihr sogar ein Kleid gekauft, das sie stets tragen sollte, wenn sie Kunden im Empfangszimmer oder im Gemäldezimmer begrüßte. Auch auf ihrem Kleid oder dem weißen Spitzenkragen durfte nicht der kleinste Fleck zu sehen sein.

Wenn ihre Arbeit erledigt war, erlaubte ihr de Koninck, sich in ihr Zimmer zurückzuziehen. Dort widmete sie sich der aufwändigen Herstellung von Nadelspitze. Während die meisten Frauen das einfachere und schnellere Klöppeln bevorzugten, beherrschte Neeltje die ältere Technik der Nadelspitze. Sie zeichnete zunächst ein Muster auf Pergamentpapier, das sie dann auf einen Stickrahmen spannte. Anschließend zog sie Fäden über das Muster, um ein Fadennetz zu schaffen, das es ihr ermöglichte, detaillierte Motive wie Blumen, Ranken oder geometrische Formen zu gestalten. Sie verwendete dafür feines Leinen- oder Seidengarn, um eine zarte, aber stabile Struktur zu erzeugen. War das Stück fertig, löste sie die Spitze vorsichtig vom Untergrund ab. Ihre Spitze war manchmal mehrere Meter lang, da sie für die Krägen und Manschetten teurer Kleidung vorgesehen war. Manchmal benötigte sie Monate, um ein einzelnes Kragenmuster fertigzustellen. Doch sie arbeitete gerne daran und hatte keine Mühe, ihre Werke zu verkaufen. De Koninck war stolz auf seine Magd und empfahl sie insgeheim seinem reichen Klientel.

Kapitel 6

Von nun an nahm de Koninck, sobald er sein Arbeitszimmer betrat, die Decke von der Staffelei und warf einen Blick auf die Frau, die ihn anlächelte. Und bald bekam er das Gefühl, dass er von der Frau beobachtet wurde. Er war sich der Lächerlichkeit dieser Vorstellung durchaus bewusst. Abgesehen von der hohen Qualität des Gemäldes gab es nichts Ungewöhnliches daran. Aber irgendwie gefiel ihm die Vorstellung, dass ihm eine Frau bei der Arbeit zuschaute. Vielleicht fühlte er sich etwas weniger allein, auch wenn es nur die Augen eines gemalten Porträts waren, die auf ihn blickten, während er über seinen Geschäftsbüchern saß. Immer wieder warf er einen kurzen Blick auf das Porträt, obwohl er es fast nicht mehr nötig hatte. Er wäre in der Lage gewesen, eine detaillierte Beschreibung der Malweise und der Darstellung zu geben, ohne das Bild auch nur einmal anzuschauen. Sogar als er bei seiner Schwester gewesen war, hatte er sie in ihrem blauen Kleid betrachtet und sich vorgestellt, sie sei die unbekannte Frau.

Er schloss sich sogar häufiger in seinem Arbeitszimmer ein als sonst. Er mochte die Arbeit an seinen Geschäftsbüchern nicht besonders. Es war eine lästige Tätigkeit, die er am liebsten einem anderen übergeben hätte. Aber de Koninck übergab nichts an andere Personen. Er erledigte alles selber. So hatte es sein Vater gemacht und ihn gelehrt, und genauso hatte es sein Großvater gemacht, der Ende des vorigen Jahrhunderts aus Antwerpen geflohen war.

Er fing sogar an, leise mit der Frau zu sprechen, sobald er die Türe seines Arbeitszimmers hinter sich geschlossen hatte. Nachdem er feierlich die Decke von der Staffelei genommen hatte, murmelte er etwas wie: „Da sind wir wieder" oder „Guten Morgen, meine Liebe." Einmal sagte er sogar: „Tut mir leid, dass ich dich so lange habe warten lassen." Und als er einmal bei einer Gemäldeauktion war, verließ er sie vorzeitig, ohne auch nur ein Bild gekauft zu haben. Er habe noch eine dringende Angelegenheit zu klären, erzählte er einem befreundeten Kaufmann beim Herausgehen, der sich ob seiner plötzlichen Eile wunderte. Es war ungewöhnlich, denn de Koninck nahm sich immer Zeit, wenn er eine geschäftliche Chance roch. Überall, wo

Gemälde zum Verkauf gestellt wurden, war er zugegen. Ja, man behielt ihn genaustens im Auge. Alle wussten: Wo de Koninck ist, da ist das Geld. Als er schließlich beinahe außer Atem sein Herrenhaus erreichte, stolperte er fast über eine der Stufen, die zur Eingangstür führten.

Und je mehr de Koninck das Porträt studierte, je länger er – manchmal stundenlang, mal mit bloßem Auge, mal mit der Lupe – einzelne Details betrachtete, desto mehr kam er zu der Feststellung, dass sich Verspronck hier selbst übertroffen hatte. Das tiefe Grauschwarz des teuren Kleides war ausgezeichnet dargestellt. Der Arm der Frau ruhte mit einer seltenen Eleganz auf der samtenen Stuhllehne. Meisterlich war auch, wie die Hand und die gepflegten Finger, an denen aber kein Ring zu sehen war, schließlich leicht von der Armlehne nach unten hingen. Er schaute auch immer wieder auf das goldene Haar, das nach hinten mit einem teuren Diadem zusammengebunden war und das Gesicht der jungen Frau strahlen ließ. Dann blickte er wieder in ihre tiefschwarzen Augen – oder waren sie dunkelblau?

Und je mehr sich de Koninck in das Bild vertiefte, desto mehr kam er zu dem Schluss, dass das Bild der unbekannten Frau besser, genauer und anmutiger war als alle Porträts, die er von Verspronck kannte, und das waren fast alle. Er wusste, wer welches Porträt bestellt hatte. Er wusste, in welchen Häusern sie hingen und zu welchen Anlässen sie gemalt worden waren. Er hatte den Maler mehrmals in seinem Atelier besucht und zugeschaut, wie er an einem Ohrring oder an einem Fächer arbeitete. Er hatte gesehen, wie er stundenlang mit einem feinen Pinsel an einem Auge gemalt hatte, als wäre dieses Auge das Wichtigste der Welt. Und das war es auch. Die Augen sind es, die uns immer wieder zu einem Gemälde hinziehen, hatte Verspronck einmal gesagt. Und manchmal kam es de Koninck vor, als wolle der Maler durch die Augen zur Seele des Dargestellten vordringen. Es war ihm mehrmals gelungen, aber nie so ausgezeichnet wie bei dem Porträt, das sich nun in seinem Besitz befand.

Und deswegen stand de Koninck manchmal lange vor seinem Porträt und schaute in die Augen der dargestellten Frau. Es war, als hoffte er, dass sie ihm dadurch eines Tages ihren Namen verraten würde. Und wenn das Bild es ihm schon nicht sagen konnte, dann hoffte er, ihn im Traum zu erfahren. Jeden Morgen beim Wachwerden versuchte er, sich an seine Träume zu erinnern. Aber sie blieben stumm, und wenn er sich schon an einen Traum erinnerte, kam die Dame nicht darin vor. Er schämte sich fast für sein merkwürdiges Verhalten, als täte er etwas Verbotenes.

De Koninck wusste genau, dass er sich etwas vormachte. Sein Verhalten stand im Gegensatz zu den Maximen, die er gelernt hatte. Er hatte sich auf Empfehlung seines Vaters mit den stoischen Philosophen Seneca und Mark Aurel beschäftigt. Später waren die Schriften des Herrn Descartes hinzugekommen. Von ihm hatte er Sätze gelernt wie: *Ob wir wachen oder schlafen, nie sollten wir uns durch etwas anderes lenken lassen als durch die Klarheit unserer Vernunft.* Er hatte diese Sätze zwar nicht aufgeschrieben, wie es manche taten, aber er war in der Lage, diese Art von Maximen auf Latein aufzusagen. Wenn du diese Sätze immer wieder in stillen Stunden wiederholst, beginnen sie irgendwann deinen Charakter zu formen, hatte ihm sein Vater beigebracht. Und du wirst immer mehr nach genau diesen Maximen und Lehrsätzen handeln. De Koninck war sogar der Meinung, dass sie die Grundlage für seinen geschäftlichen Erfolg bildeten. Wie sollte er sein merkwürdiges Verhalten also mit seinem Verstand in Einklang bringen? Es war nicht zu vereinbaren, dachte er, als er bei einem Spaziergang durch die Stadt über sein Porträt nachdachte. Und gerade deshalb sollte er die Sache für sich behalten. Er betrachtete die Liebe zu einem gemalten Porträt als eine Marotte, die er sich leistete. Es war eine kleine Schwäche, wenn man so will, genauso wie andere rauchten oder sich gelegentlich den käuflichen Frauen hingaben. Schließlich schadete er niemandem damit. Es war nicht schädlicher als das Trinken von Wein, was er hin und wieder gern tat, oder das Rauchen von Pfeifen, welches er sich zeitlebens verbat.

Aber je länger das Porträt in seinem Arbeitszimmer stand, desto mehr geriet er in den Bann der Frau, die ihn unentwegt anschaute. Als er einmal dringend einige geschäftliche Buchungen überprüfen musste, sah er sich gezwungen, die Decke von dem Stuhl zu holen und sie erneut über das Porträt zu legen. „Tut mir leid", hatte er zu dem Porträt gesagt, als er die Decke mit der größten Sorgfalt darüberlegte, als würde er eine schlafende Frau sanft im Bett zudecken. „Ich muss ein bisschen arbeiten."

Irgendwann musste er sich eingestehen, dass er sich in das Porträt verliebt hatte. Nein, er hatte sich in die Frau verliebt, die der Maler so meisterhaft dargestellt hatte. Und je mehr er darüber nachdachte, desto mehr schien er zu der Einsicht zu kommen, dass es in seinem speziellen Fall gar nicht anders sein konnte. Er, Balthazar de Koninck, konnte seine künftige Frau nicht direkt im Leben finden, sondern nur mittels eines gemalten Porträts. Er dachte dabei an die Prinzen und Königskinder, die ihre Gemahlin auch nicht auswählen konnten. Es war die Staatsräson, die für sie entschied. Ihre künftigen Gemahlinnen wurden ihnen ebenfalls mittels eines mehr oder weniger gut gemalten Porträts vorgestellt, das ihnen ein Gesandter per Schiff oder mit der Kutsche überbrachte. Bei ihm war das Porträt zwar nicht per Schiff zu ihm gekommen, er hatte es kaufen müssen, aber er hatte das Gefühl, dass es keine bessere Methode für ihn gab, seine künftige Frau kennenzulernen, als die Betrachtung eines hervorragend gemalten Porträts.

Kapitel 7

Nach dem Besuch bei seiner Schwester begann de Koninck in aller Stille zu recherchieren. Er war entschlossen, die Frau auf dem Porträt kennenzulernen. Er suchte zunächst Hecks Witwe auf, aber wie zu erwarten wusste sie nicht, wie das Porträt in den Besitz ihres Mannes geraten war. Auch de Konincks Drängen, ob es vielleicht noch irgendwelche schriftlichen Dokumente oder Rechnungen gab, die einen Hinweis auf den Ursprung des Gemäldes hätten geben können, ergab nichts. Selbst als er seinen Geldbeutel zog und mehrere Gulden auf den Tisch fallen ließ, kam er nicht weiter. Die Witwe schielte ein wenig ungläubig auf die Silbermünzen. De Koninck begriff jedoch, dass sie nichts wusste. Adam Heck hatte sein Wissen mit ins Grab genommen.

De Koninck war sich sicher: Der Haarlemer Maler Johannes Cornelisz. Verspronck hatte das Porträt der Unbekannten gemalt. Er war einige Jahre zuvor gestorben und lag in de Grote Kerk in Haarlem begraben – genauso wie Pieter Saenredam, der das Interieur der

Kirche zu seinem Hauptmotiv gemacht hatte, dachte de Koninck. Verspronck hatte nie geheiratet, obwohl er recht vermögend gewesen war. Er hatte ein Haus in der Jansstraat gekauft und dort bis zu seinem Tod mit seinem Bruder Engel und seiner Schwester Aertge gelebt. Das war an sich nichts Ungewöhnliches. Verspronck hatte das Fach bei seinem Vater Cornelis Engelsz. gelernt, der wiederum ein Schüler von Cornelis Cornelisz. van Haarlem und Karel van Mander gewesen war. Er hatte ein Porträt von Johan van Schoterbosch, Kapitän der Kloverniersdoelen, und ein Porträt von Pieter Jacobsz Schout, dem Bürgermeister von Haarlem, gemalt. Er hatte alles erreicht, was ein Mann seines Standes sich hätte wünschen können. Er war als Maler erfolgreich gewesen. Seine Porträts waren begehrt. Er hatte mehr Aufträge gehabt, als er malen konnte. Er hatte Aufträge von den besten Familien Haarlems bekommen, obwohl er Katholik war. Außerdem hatte er eine Kommission überzeugt, die weiblichen Vorstände des „Heilige Geesthuis" zu porträtieren, und zwar mehrmals. Man hatte ihm den Vorzug gegeben, obwohl auch Hals sich beworben hatte. Das an sich war schon eine erstaunliche Tatsache gewesen.

Nun, Verspronck war gut, dachte de Koninck, während er erneut einen Blick auf das Porträt vor ihm warf. „Sehr gut sogar", murmelte er. Er war vor allem meisterhaft in der Darstellung weiblicher Porträts. Nicht einmal Hals' Frauen reichten an die Eleganz und an die Anmut heran, die Verspronck seinen weiblichen Modellen entlocken konnte. Keiner vermochte den weiblichen Attribute wie Spitzenkragen, Fächern, Juwelen und reichen Stoffe denselben Glanz zu verleihen wie Verspronck. Genau das hatte ihn bei seinen Auftraggebern beliebt gemacht, die ihre Frauen oder ihre Töchter gemalt haben wollten. Welch ein Verführer war dieser Verspronck gewesen, sobald er einen Pinsel in die Hand nahm. Hals vermochte zu glänzen und zu überzeugen. Aber Verspronck hatte es verstanden zu verführen. Vielleicht war es diese Eigenschaft, die de Koninck zu dem Porträt hinzog, das er gerade erworben hatte. Nie hätte er vermutet, dass er jemals einen Verspronck in die Hände bekommen würde. Alle Familien, die einen hatten, hatten ihm einen Ehrenplatz in ihrem Haus gegeben. Niemand wollte seine Gemälde verkaufen. De Koninck hatte es mehrmals versucht, vor allem bei Todesfällen. Aber gerade die Detailgenauigkeit und der Blick der abgebildeten Damen ließen deren Ehemänner davon absehen, ihre Porträts zu verkaufen, selbst wenn sie schon längst wieder geheiratet hatten. „Meine Frau verkaufen", hatte einer der Kaufmänner gesagt, nachdem de Koninck sich diskret erkundigt hatte. „Niemals!" Er hatte nicht gesagt „das Porträt meiner Frau", sondern „meine Frau", als wäre sie immer noch bei ihm. „Nicht in drei Jahrhunderten", hatte ein anderer gerufen. De Koninck hatte schmunzeln müssen. Es würde wohl keine drei Jahrhunderte dauern, bis die Familie ihren Verspronck verkaufen würde, aber leider würde er es nicht mehr erleben.

Umso erstaunlicher erschien es ihm, dass er nun selbst einen Verspronck erstanden hatte. Wie war das möglich? Und was für einen Verspronck! Das Porträt war eines der schönsten, das er je gesehen hatte. Und diese Dame lebte im Schoß einer der besten Haarlemer Familien, da war sich de Koninck sicher. Diese Gedanken gaben ihm Mut, es zu versuchen. Er würde diese Frau finden, und wenn er sein ganzes Können und Wissen aufbieten musste. Und sein ganzes Geld, dachte er im Stillen. Aber eins wusste er: Er würde diskret vorgehen müssen. Niemand sollte erfahren oder auch nur vermuten, was er suchte. Vielleicht war sie verheiratet, oder sie war die Tochter eines einflussreichen Haarlemer Bürgers. Einen Skandal konnte er sich nicht leisten. Jegliche Indiskretion würde sich wie ein Lauffeuer durch die Stadt verbreiten, und keiner würde noch Geschäfte mit ihm machen wollen. Er hätte keine Lust, in seinem Alter noch nach Amsterdam umzuziehen. Zwar hatte er auch dort Kunden, aber er zog es vor, in Haarlem zu bleiben. Hier war er geboren und aufgewachsen. Hier kannte er sich aus, und er war bereit, seine Beziehungen spielen zu lassen, um sein Ziel zu erreichen. Er würde die Frau auf seinem Porträt finden – und sie heiraten, wenn sie noch frei war, dachte er.

Kapitel 8

Nachdem er Hecks Witwe besucht hatte, wurde er bei den Geschwistern Verspronck vorstellig. Sie wohnten nach dem Tod ihres Bruders immer noch in dem Haus in der Jansstraat, das er für sie gekauft hatte. Ihr älterer Bruder Jochem Cornelisz war bereits vor mehr als zehn Jahren verstorben. Nachdem nun auch ihr zweiter Bruder 1662 gestorben war und ihre Mutter Maritge Jansdr Rodenrijsen im Jahr davor, war die Stimmung im Hause Verspronck nicht gerade die beste. Das bekam er auch gleich zu spüren. Man ließ ihn lange im Empfangszimmer warten, als wolle man ihn am liebsten gar nicht empfangen. Als die Magd ihn schließlich holte, wurde er in einen kleinen Salon geführt. Aertge und Engel Verspronck starrten ihn mit eisigem Schweigen an. Keiner von beiden rührte sich, als de Koninck ihnen sein Beileid für ihre gerade verstorbene Mutter aussprach. Aertge trug einen schwarzen Trauerschleier, als wäre sie gerade von der Beerdigung zurückgekehrt, und Engel stand reglos und mit auf dem Rücken verschränkten Händen da. Als sich de Koninck diskret nach unverkauften Porträts ihres Bruders erkundigte, verdüsterte sich die Miene Aertges noch mehr. Nachdem sie länger geschwiegen hatte, sagte sie plötzlich mit heiserer Stimme, dass sie nichts zu verkaufen hätten. Engel schwieg weiterhin. Während seines gesamten Besuchs würde er kein Wort sagen. De Koninck musste seine ganze Kaufmannskunst aufbieten, um die beiden davon zu überzeugen, dass er nicht darauf aus war, ein Werk ihres Bruders günstig zu erwerben. Er erzählte ihnen von der großen Bewunderung, die er für dessen Kunst hegte, und davon, dass es an der Zeit sei, sich eine Übersicht über sein Gesamtwerk zu verschaffen. Doch keines der Geschwister war bereit, ihm zu glauben. Sie vermuteten nur kommerzielle Motive, und je mehr er sie vom Gegenteil zu überzeugen versuchte, desto weniger glaubten sie ihm.

De Koninck hatte sich vorgenommen, das Porträt der unbekannten Frau nicht zu erwähnen. Da er nicht weiterkam, fasste er plötzlich seinen ganzen Mut zusammen und fragte, ob ihnen ein Porträt ihres Bruders bekannt sei, auf dem eine Frau lächeln würde. Nachdem er die Frage gestellt hatte, entstand erneut eine eisige

Stille. Er sah durch die Spitze des Trauerschleiers, wie sich Aertges Mundwinkel noch weiter nach unten zogen als ohnehin schon. Sie begann leicht zu zittern, obwohl sie vorher noch reglos dagestanden hatte. Engels Mund öffnete sich leicht, als wolle er nun doch etwas sagen. Doch dann gab Aertge der Magd, die die ganze Zeit hinter de Koninck gewartet hatte, ein Zeichen.

„Du kannst den Herrn de Koninck nach draußen begleiten, da sein Besuch beendet ist." Sie hatte den Satz fast herauspressen müssen. Die Magd trat vor und öffnete die Tür zum Empfangszimmer. De Koninck blieb nichts anderes übrig, als das Haus Verspronck wie ein begossener Pudel zu verlassen.

Kapitel 9

De Koninck wäre nicht de Koninck, wenn er sich von dem kühlen Empfang bei den Geschwistern Verspronck entmutigen ließe. Er hatte sich schon gewundert, weshalb seine letzte Frage das Ende seines Besuches eingeläutet hatte. Vielleicht glaubten die beiden wirklich, der einzige Grund seines Besuches sei gewesen, herauszufinden, ob es aus dem Nachlass des Bruders noch etwas herauszuschlagen gäbe.

Er wurde nun bei dem Stoffhändler Eduard Wallis und dessen Frau Maria van Strijp, die Kunstsammlerin war, vorstellig. Im Gegensatz zu den Geschwistern Verspronck wurde er bei dem reichen Kaufmann außergewöhnlich freundlich empfangen. Man fühlte sich geehrt, dass Herr de Koninck ihnen einen Besuch abstattete. Maria van Strijp führte ihn persönlich in den Salon, in dem das Doppelporträt, das Verspronck von dem Ehepaar gemalt hatte, an prominenter Stelle aufgehangen war. Die beiden Eheleute standen links und rechts neben ihm und genossen es offenbar, wie sich de Koninck Zeit nahm, das Gemälde eingehend zu betrachten. Seine Augen wanderten von dem Porträt von Eduard Wallis, das links hing, zu seiner Frau auf der rechten Seite und wieder zurück. Die beiden Dargestellten selbst, die neben ihm standen, schaute er dabei gar nicht an, als hätte Verspronck das Original gemalt und neben ihm stünden nur die Kopien.

Er trat näher und blieb lange vor dem Porträt von Maria van Strijp stehen. Die Art der Darstellung von van Strijp ähnelte der auf seinem Porträt – als hätte Verspronck van Strijp als Vorlage genutzt, um sein Porträt zu malen. Oder umgekehrt, dachte de Koninck. Genauso wie Frau van Strijp hatte Verspronck die Frau auf seinem Gemälde so dargestellt, dass ihr linker Arm auf die Lehne des Stuhls ruhte, wobei der Ring an ihrem kleinen Finger in den Vordergrund rückte. Die rechte Hand, die einen Fächer festhielt, ruhte in ihrem Schoß. Gerade dadurch entstand die gelassene Eleganz, die er von so vielen Porträts Versproncks kannte. Und es gab noch mehr Ähnlichkeiten. Der linke Ohrring hing etwas tiefer als der rechte, was den zum Betrachter gewendeten Blick noch mehr betonte. Und noch etwas fiel ihm auf. Es war, als würde van

Strijp sich etwas nach hinten lehnen, obwohl sie doch keine Stuhllehne hatte, denn Verspronck hatte diese im Vordergrund gemalt, damit der linke Arm darauf ruhen konnte. Der rechte Arm mit dem Fächer dagegen bot ein Gegengewicht auf der linken Seite des Gemäldes, wodurch ein schwebendes Gleichgewicht in der Komposition entstand. Der Betrachter bekam so den Eindruck, als könnte van Strijp jederzeit aufstehen. Dadurch entstanden Ruhe und Bewegung gleichzeitig, etwas, worin Verspronck Meister gewesen war. Und je länger er das Bild von Maria van Strijp studierte, umso mehr fiel ihm die Ähnlichkeit zu seinem eigenen Bild auf. Als hätte Verspronck insgeheim eine zweite Fassung von Maria van Strijp gemalt. Als er nach einer Weile immer noch wie verzaubert vor dem Porträt der Hausfrau stand, ergriff diese leise mit beiden Händen seine Schultern und drehte ihn langsam um. Er blickte nun auf das Porträt ihrer Mutter, Adriana Croes, das an der gegenüberliegenden Wand hing. De Koninck schaute zwar mit leichtem Widerwillen auf dieses Bild, aber er ließ es sich nicht anmerken. „Meisterhaft", sagte er dann irgendwann, nachdem er die Ähnlichkeit zwischen Mutter und Tochter festgestellt hatte.

„Mama hat das Bild sehr geliebt", sagte Maria van Strijp, „aber sie hätte sich so sehr gewünscht, dass sie auch ein Bild von Papa von der Hand von Herrn Verspronck gehabt hätte. Leider ist es nie so weit gekommen. Zum Glück hat mein Mann diesen Fehler nicht wiederholt."

„Sehr vernünftig", antwortete de Koninck, „ich kenne keine Familie in Haarlem, die drei Verspronks ihr Eigen nennen darf. Niemand war ein größerer Meister in der Darstellung von schönen Stoffen und Kleidern."

Bei der letzten Bemerkung breitete sich ein Grinsen im Gesicht des reichen Stoffhändlers Wallis aus, der die ganze Zeit schweigend neben seiner Frau gestanden hatte. Man führte ihn ins Prunkzimmer und bot ihm einen Muscadetwein in einem venezianischen Glas an. De Koninck zog es zwar vor, Rotweine zu trinken, aber er ließ es sich nicht anmerken. Nach einer Weile verabschiedete sich Eduard Wallis, weil er sich um ein dringendes Geschäft kümmern musste. Maria van Strijp benutzte die Gelegenheit, de Koninck indes ihre Kunstsammlung zu zeigen, die sie in der eigens dafür eingerichteten Kunstkammer aufbewahrte. Viele

Bürger in den sieben Provinzen hatten Kunst zu Hause, aber Frau van Strijp besaß eine erlesene Sammlung von höchster Qualität. Sie besaß einen Kircheninnenraum von Pieter Saenredam und eine Gruppe mit Musikern von Judith Leyster. Und sie hatte eine ausgezeichnete Phantasielandschaft von Ruisdael. Es waren allesamt Werke erster Güte. De Koninck bemühte sich, sich für ihre Sammlung zu interessieren. Während sie ihn durch ihre Kunstkammer führte, schaute er auf ihre Hände und auf ihren Hals. Ihre Gestalt schien der auf seinem Porträt recht ähnlich, soweit er das in dem tiefschwarzen Kleid, das Maria van Strijp trug, beurteilen konnte. Während sie eine Mappe mit Stichen aus einer Schublade zog, schaute er auf ihre Nase. Sie hat ähnliche Nasenflügel wie die Frau auf meinem Porträt, dachte er im Stillen. Und während van Strijp ihm mehrere hervorragende Stiche auf einem eigens dafür hingestellten Tisch zeigte, blieb sein Blick auf ihrem Halbprofil und den besonderen Schwung ihres Nasenbeins haften. Die Ähnlichkeit mit seinem Porträt war bemerkenswert. Auch die Mundpartie, bei der die etwas hervorstechende Unterlippe in einem feinen Strich endete, war auf seinem Porträt genauso dargestellt.

Nachdem er eine ganze Weile nichts gesagt hatte, hielt Maria van Strijp kurz inne und wollte wissen, ob alles in Ordnung sei. Sie wandte sich ihm zu, und nun blickte sie de Koninck direkt an – etwas, was er sich selbst bislang nicht getraut hatte. Frau van Strijp war ohne Zweifel eine Schönheit. Aber der Haaransatz schien ihm anders als auf seinem Porträt. Van Strijp hatte blonde Locken, während die Frau auf seinem Porträt glattes Haar hatte. Nun ja, dachte de Koninck, die Frisur kann man ändern.

Wie zu erwarten, erkundigte sich Frau van Strijp nach Gemälden, die de Koninck zum Verkauf hatte. Sie zeigte besonderes Interesse an dem Ruisdael, den er bei Heck erstanden hatte. Er sicherte ihr das Erstverkaufsrecht und einen redlichen Preis zu. Unter normalen Umständen hätte er nie ein solches Angebot gemacht. Er bestellte die Kunden am liebsten zu sich nach Hause; in der Rolle des Besuchers fühlte er sich unwohl. Er hatte etwas zu überschwänglich bestimmte Bilder gelobt, die Maria van Strijp ihm gezeigt hatte.

Als die Kunstführung zu Ende war und Eduard Wallis sich wieder zu ihnen gesellte, war der Augenblick gekommen, sein eigentliches Anliegen vorzutragen. Aber er blieb stumm. Er schielte hin und wieder zu dem Porträt von van Strijp hinüber, als könne er dort die Antwort auf die Frage finden, die ihn beschäftigte. Doch obwohl er sonst nicht auf den Mund gefallen war, fühlte er sich seltsam gelähmt und stammelte nur einige belanglose Sätze. Das Ehepaar Wallis gab sich große Mühe, seinen Besuch zu würdigen, aber abgesehen von dem versprochenen Ruisdael kam nichts zur Sprache, was de Koninck hätte interessieren können. In der Kunstkammer hatte er sich nur für die Person der Gastgeberin interessiert und hatte Mühe gehabt, es sich nicht anmerken zu lassen. Er fühlte sich ob dieser Indiskretion besonders unwohl, zumal sich Frau van Strijp selbst um seine Gunst bemüht hatte. Schließlich fühlte er sich fehl am Platz, trotz des überaus freundlichen und wohlwollenden Empfangs, und verabschiedete sich bald– unter dem Vorwand, dass er noch einen Kunden erwarte, was jedoch nicht stimmte.

Als er wieder zu Hause war, enthüllte er gleich das Porträt der unbekannten Frau. Mit dem frischen Eindruck von van Strijp im Gedächtnis betrachtete er das Gemälde. Verspronck hatte in der Tat eine ähnliche Pose gewählt, was an sich jedoch nichts bedeutete. Er studierte noch einmal den Haaransatz der Frau auf seinem Porträt und stellte fest, dass es sich nicht um Maria van Strijp handeln konnte. Sie hatte zudem einen anderen Gesichtsausdruck, der ihm etwas sanfter erschien. Maria van Strijp wirkte auf ihn wie eine etwas lieblichere Person, während die Frau auf seinem Porträt eine echte Verführerin zu sein schien, die den Betrachter in ihren Bann zog. Er hatte das Gefühl, dass sein Porträt lebendig war und atmete, während Verspronck auf dem Bild von Frau van Strijp vor allem ihre Anmut zum Ausdruck gebracht hatte. Bei seinem Porträt hatte er eine Schwelle überschritten, die er bei seinen vornehmen Haarlemer Klienten nicht überschreiten durfte. Verspronck war verliebt gewesen, als er die Frau gemalt hatte, und er hatte es nicht verbergen können.

Kapitel 10

De Koninck begann, die Gesichtszüge seines Porträts noch eingehender zu studieren. Sein Blick wanderte von der Stirn und dem Haaransatz hinunter zu den Brauen und der Stelle, an der die Nase begann. Er betrachtete lange beide Augen, die den Betrachter auf eine fast schon unheimlich natürliche Weise anzuschauen schienen. Sein Vater hatte ihn darauf aufmerksam gemacht, dass das rechte Auge den Betrachter bei den meisten Porträts direkt ansah, während das linke zur Seite blickte. Das war bei seinem Porträt jedoch nicht der Fall. Beide Augen waren auf den Betrachter gerichtet. Die Schönheit schaute ihn an, als stünde sie leibhaftig vor ihm.

Bei manchen Frauen saßen die Augen zu tief oder hatten zu große Augenhöhlen, wie die Augen einer Eule. Manchmal hatte die Frau tiefe Schatten unter den Augen, als wäre sie krank oder hätte wochenlang kaum geschlafen. Oft waren die Augen auch einfach zu klein, als dass man von einer Schönheit hätte sprechen können. All das hatte Verspronck dargestellt. Verspronck lügt nie, dachte de Koninck, denn genau das war das Geheimnis seines Erfolgs gewesen. Die Dargestellte konnte sich darauf verlassen, dass er ein Bild schaffen würde, das ihr das Gefühl gab, direkt in den Spiegel zu schauen. Nicht selten erlebte die betroffene Person beim ersten Betrachten eine Überraschung, wie ihm Verspronck selbst erzählt hatte. Und nicht selten hatte er von weiblichen Dargestellten die Frage bekommen, ob sie denn wirklich so aussähe.

Nicht nur die Augenpartie wurde so gemalt, wie sie war, sondern auch die Nase. Und die Nase ist nun einmal bei manchen Menschen eine lebenslange Quelle des Ärgernisses. Entweder hatte die gemalte Person ausladende Nasenflügel, die dem zufälligen Betrachter sofort ins Auge fielen, oder die Nase war zu lang oder zu groß. Die Dargestellte musste damit leben, dass man sie ihr Leben lang anhand dieses Merkmals erkennen würde. Verspronck malte die Nase so, wie sie eben war. Hatte jemand eine scharfe Nase, dann malte er sie so wie mit der Schere ausgeschnitten.

Bei fast jeder Person gab es im Gesicht ein Detail, das sie kennzeichnete, ganz gleich, ob die betroffene Person mit diesem Detail zufrieden war oder nicht. Es wurde von Verspronck für die Ewigkeit festgehalten. Vielleicht hatte die Dargestellte einen zu kleinen Mund oder eine zu hohe oder rundliche Stirn. Auch blasse Haut oder zu rote Wangen fanden vor Versproncks Pinsel keine Gnade. Hatte die Dargestellte zu schmale Lippen, tiefe Wangenknochen oder einen dicken Hals, hatte Verspronck es gemalt.

Nicht nur Einzelheiten vermochte er meisterhaft darzustellen, auch den Gesamteindruck eines Gesichtes wusste er besonders eindrucksvoll wiederzugeben. Hatte die Frau eine Nase und ein Gesicht wie ein Pekinese, dann war dies der erste Gedanke, der einem kam, wenn man das Porträt betrachtete. Hatte sie einen Kopf wie ein Ei oder eine Stupsnase, sah man es, ganz gleich, wie elegant oder reich die Dargestellte sein mochte. Waren die Augenbrauen zu dunkel oder zu dick und verrieten einen zu scharfen und misstrauischen Blick, so war Misstrauen das Erste, woran man dachte, wenn man das Bild sah. Dies trifft auf nicht wenige ältere Frauen in Haarlem zu, dachte de Koninck. Verspronck hatte in einigen Fällen sogar die Zähne gemalt, selbst wenn sie schlecht oder dunkel aussahen. Welches Porträt man auch studierte, immer gab es etwas an der Person auszusetzen, und man konnte sichergehen, dass er es gemalt hatte. Handelte es sich um ein junges Mädchen, das auf den ersten Blick hübsch aussah, hatte sie vielleicht Hände wie die einer alten Bäuerin oder ein dunkles Hautmal, das Verspronck gnadenlos zeigte. Aber eine Sache gab es, die dem Gesicht am ehesten Ausdruck verlieh, und das war der Mund. Auch hier war der Meister ein Könner in der genauen Wiedergabe der Wahrheit gewesen. Egal ob die untere Lippe breit und die obere schmal war, ob der Mund zu hohe Mundwinkel hatte, ob der Abstand zwischen Nase und Mund zu klein war, all das hatte Verspronck gemalt.

Nur *eine* Sache hatte Verspronck nicht gemacht – nie hatte er eine lächelnde Person dargestellt. Alle Porträts strahlten einen gewissen Ernst aus. Die Mundpartie blieb ruhig, ganz gleich, wie sie geschaffen war. Im Gegensatz zu Frans Hals, der das Lachen zu seinem Markenzeichen gemacht hatte, hatte Verspronck nie einen Menschen gemalt, der den Betrachter anlächelte. Kein einziges Porträt – außer dem, das er bei Hecks Witwe erstanden hatte. Die Frau lächelte ihn an, als wolle sie sogleich aus dem Rahmen heraustreten und ihn küssen. Das war außergewöhnlich, und es war der Grund, weshalb er zunächst gezweifelt hatte, ob dieses Porträt tatsächlich von Verspronck gemalt worden war. Und was für ein Lächeln es war! Hals hatte fröhliche Gesichter gemalt, manchmal sogar überschwängliche. Er hatte sogar Betrunkene gemalt. So etwas hätte Verspronck nie gewagt. Aber das Lächeln der unbekannten Frau war mehr als das Lächeln auf den Porträts von Hals. Es war ein stilles, aber dafür umso eindringlicheres Lächeln. Man konnte nicht mehr wegschauen, als besäße das Bild eine geheime Magie. Verspronck war in der Lage, einen Menschen so zu porträtieren, dass man meinte, er würde jetzt von seinem Stuhl aufstehen und in den Raum treten.

Genauso war die Frau in seinem Traum erschienen. Sie war aus dem Rahmen herausgetreten und hatte sich an ihn gewandt. Er versuchte, sich zu erinnern, was dann geschehen war. Sie hatte versucht, etwas zu sagen. Ihre Lippen hatten sich ein wenig bewegt, als habe sie flüstern wollen. De Koninck trat näher an das Gemälde heran und schaute auf die Lippen der Frau. Es waren schön geformte Lippen – nicht zu fleischig, aber auch nicht zu schmal. Er schaute genau hin, ob sie sich vielleicht bewegten, aber es waren nur Pinselstriche und Farbe zu sehen.

Kapitel 11

Nach dem Besuch bei den Wallis war de Koninck klar, dass er mit der Methode der „Hausbesuche" nicht weiterkommen würde. Er musste andere Wege finden, um Zugang zu den Damen der Haarlemer Gesellschaft zu erhalten. Diese Gelegenheit bot sich ihm, als er kurze Zeit nach dem Besuch bei den Wallis eine Einladung zu einer Festveranstaltung im Buitenplaats *Elswout* erhielt.

Die Sommerresidenz Elswout lag in der Dünenlandschaft westlich von Haarlem. Sie war in den 1630er Jahren vom flämischen Kaufmann Carl Jansz. Du Moulin erbaut worden. Dieser handelte mit allem, was sich in Russland verkaufen ließ: persischer Seide, Kaviar und Schmuck bis hin zu Massengütern wie Getreide und Fisch. Außerdem sicherte er sich ein zehnjähriges Monopol auf den Export von russischer Pottasche und war eine Zeit lang der Hauptlieferant des Zaren für schwedisches Eisen für die Waffenproduktion. Du Moulin hatte sich beim Bau seines Buitenplaats von den architektonischen Prinzipien der Italiener Palladio und Vincenzo Scamozzi inspirieren lassen. Das fast quadratische Haus war ein Nachbau einer römischen *villa suburbana*. Als Du Moulins Russlandgeschäfte aufgrund des ersten niederländisch-englischen Seekriegs kollabierten, war er gezwungen, die Residenz 1654 an den Großkaufmann Gabriel Marselis zu verkaufen. Er war es, der dem Hof den Namen Elswout gegeben hatte.

Marselis finanzierte zusammen mit seinem Bruder Selio die Kriege, die die dänischen Könige Christian IV. und Friedrich III. gegen Schweden führten, und lieferte Schiffe und Waffen. Der dänische König hatte die Gewohnheit, seinen Gläubigern zur Begleichung seiner Schulden Landbesitz aus dem Krongut statt Geld zu überlassen. Gabriel Marselis wurde dadurch der größte Landbesitzer in Dänemark und Norwegen. Damit er in Elswout einen Garten im französischen Stil anlegen konnte, ließ Marselis die Dünen auf seinem Grundstück entfernen und den Sand nach Amsterdam transportieren. Er zog auch de Konincks Expertise heran, um eine umfangreiche Kunstsammlung aufzubauen, die er in Elswout verwahrte. Der Ort wurde 1660 berühmt, als Prinzessin

Maria, Fürstin von Oranien und Gräfin von Nassau, mit ihrem zehnjährigen Sohn Wilhelm III. von Oranien zu Besuch kam. Marselis nahm dies zum Anlass, sein Hofgut mit einer neuen Einfahrt und einem Torhaus zu verschönern. Im Jahr 1665 wurde Marselis in den dänischen Adelsstand erhoben und ließ sich fortan „van Marselis" nennen.

De Koninck war bereits mehrfach in Elswout empfangen worden. Nach dem geschäftlichen Teil hatte man ihn im Kreis der Familie großzügig bewirtet. Wenn er sich spätabends mit der Kutsche nach Hause fahren ließ, brauchte er oft etwas Zeit, um sich von dem überwältigenden Reichtum und Prunk der Familie Marselis zu erholen. Er mochte den Kaufmann und fühlte sich geehrt, dass er *ihn* und nicht das Haus Uylenburg in Amsterdam für die Auswahl seiner Kunstsammlung engagiert hatte. De Koninck hatte natürlich reichlich profitiert, auch wenn er den Scharfsinn des Bankiers fürchtete, der genau zu wissen schien, dass seine Preise überhöht waren. Dennoch zahlte Marselis – teils aus Eitelkeit, teils vielleicht auch, um de Koninck und der gesamten Haarlemer Gesellschaft zu demonstrieren, dass er es sich leisten konnte. Jeder sollte wissen, dass er einer der reichsten Bürger der Niederlande war, bei dem sogar Könige und Fürsten verschuldet waren.

Es war daher mit gemischten Gefühlen, dass de Koninck der Einladung zu einem großen Empfang auf Elswout gefolgt war. Die gesamte feine Gesellschaft Haarlems, inklusive des Adels, würde zugegen sein. Man konnte es an der Anzahl der stattlichen Kutschen und Pferde erkennen, die auf dem Neerweg vor dem ummauerten Gut warteten, nachdem sie ihre Herren bis vor das Tor gefahren hatten. Marselis hatte sich gerade aus dem Geschäftsleben zurückgezogen und ließ die dänischen Güter von nun an von seinen Söhnen Wilhelm und Konstantin verwalten. Der Anlass sollte natürlich gebührend gefeiert werden, und eine solche Einladung abzulehnen, konnte sich kein Haarlemer Bürger leisten.

Im Hof wimmelte es von Kunden de Konincks. Er kam kaum voran, weil er überall freundlich begrüßt wurde – schließlich wusste jeder, dass Marselis *ihn* zum Kunstberater erkoren hatte. Eigentlich hätte dieser Anlass de Konincks größter Triumph sein müssen, doch an diesem Tag hatte er nur an einer Sache wirklich Interesse: den anwesenden Damen. Sobald er die üblichen Floskeln ausgetauscht hatte, richtete er seine Aufmerksamkeit auf die weiblichen Begleitungen und musterte die Gesichter der Frauen in der Hoffnung, jene Gesichtszüge wiederzuerkennen, die er von seinem Porträt kannte. Doch wo er auch hinschaute, war keine Frau zu entdecken, deren Gesicht passte. In Erwartung des großen Festessens standen draußen im Hof, aber auch schon drinnen im Hauptgebäude, kleine Gruppen von Bürgern oder Adligen, die sich alle zu kennen schienen und ihn mit fast übertriebenem Wohlwollen in ihren Kreis aufnahmen. Sobald er jedoch seinen Blick auf die weiblichen Begleitpersonen richtete, verdüsterte sich seine Miene. Entweder hatte die Frau eine hässliche Nase oder sie schielte oder ihr Kinn stand zu weit nach vorn. Manchmal zeigten die Wangenknochen Krähenfüße, dann wieder war die Stirn von Altersfalten gezeichnet. In einigen Fällen hing oder spannte die Gesichtshaut über die eingesunkene Kieferpartie. Ihm schien, als sei er an diesem Tag nur von Hässlichkeit umgeben. Als hätte Adriaen Brouwer persönlich am Tor von Elswout gestanden und hätte jeder weiblichen Besucherin mit seinem Pinsel ein Tronie verpasst, wie man es nur aus den übelsten Spielhöllen und Raucherkneipen Haarlems kannte.

Sobald Maria van Strijp ihn erblickte, hakte sie sich bei ihm unter und ging mit ihm spazieren, als gehöre er zur Familie. Nach dem Besuch bei den Wallis war er sich ziemlich sicher gewesen, dass sie nicht die Frau auf seinem Porträt war. Doch angesichts ihrer natürlichen Schönheit und Anmut, mit der sie jede Adelige in den Schatten stellte, beschlichen ihn wieder Zweifel. Natürlich hoffte sie, von ihm einen Hinweis zu bekommen, was Marselis gekauft hatte, noch bevor die versammelte Gesellschaft in seine Kunstkammer eingelassen wurde. Es wäre eine kleine Gefälligkeit gewesen, die er unter normalen Umständen nur zu gerne erfüllt hätte. Nach kurzer Zeit löste er sich jedoch von ihr, denn es zog ihn zu der nächsten Gruppe, in der er die unbekannte Schönheit zu finden hoffte, auf die er es abgesehen hatte. Je länger man ihn jedoch aufhielt und nach Vorschlägen für Kunstankäufe fragte, desto größer wurde seine Verzweiflung, die er nur mit Mühe zu verbergen wusste. Ihm war, als hätte sich die versammelte Haarlemer Gesellschaft verschworen, ihn, Balthazar de Koninck, persönlich zu quälen. Überall verwickelte man ihn in Gespräche mit kunstinteressierten Frauen, die keineswegs derjenigen glichen, die er suchte. Sie war entweder nicht erschienen oder in den schwarzen Roben nicht zu erkennen.

Als dann vier Posaunen vom Balkon auf dem Dach den Beginn des Festmahls ankündigten, schien es de Koninck, als hätte Marselis die Posaunisten nur deshalb bestellt, um ihn zu erniedrigen. Das Festmahl bestand aus unzähligen Gängen, die kein Ende zu nehmen schienen. Man hatte ihm einen Platz in der Nähe des Hausherrn zugewiesen, doch zu seiner Seite saß die Witwe des reichen Kaufmanns van Mancius, deren Hässlichkeit ihm an diesem Tag wie eine persönliche Beleidigung erschien. Er versuchte, die Gesichtszüge der weiblichen Anwesenden zu studieren, soweit die Länge des Festtisches dies zuließ. Je länger das Essen dauerte, desto verzweifelter wurde er. Als Marselis ihn dann bei seiner Feierrede auch noch persönlich für seine Verdienste beim Ankauf der Kunstsammlung lobte und er unter lautem Applaus aufstehen musste, traten ihm Tränen in die Augen. Diejenigen, die es bemerkten, nahmen an, es handle sich um Rührung oder Freude über die Anerkennung, die ihm einer der reichsten

Männer der Republik zuteilwerden ließ. Doch was als Ritterschlag für sein Lebenswerk gedacht war, hatte sich für ihn in eine hässliche Fratze verwandelt. De Koninck fühlte sich an diesem Tag wie der einsamste Mensch der Republik. Am liebsten wäre er aufgestanden und unbemerkt zu seiner Kutsche geschlichen.

Kapitel 12

Wenige Tage nach dem Empfang bei Marselis erkrankte de Koninck. Doktor Glasius, der sofort gekommen war, nachdem Neeltje zu ihm geeilt war, beruhigte ihn: Es war eine Erkältung und nicht die Pest. Ein paar Tage im Bett liegen, schwitzen und Tee trinken – und es würde ihm bald besser gehen. Neeltje tat ihr Bestes, um ihn rund um die Uhr mit allem zu versorgen, was er brauchte. Sie kochte ihm auf Empfehlung des Arztes einen Tee aus einer chinesischen Pflanze, die sie bei einem Händler auf dem Grote Markt gekauft hatte. De Koninck trank widerwillig ein wenig von dem Getränk, doch er tat es nur, weil er unter Bauchschmerzen und Fieber litt – Symptome, die viele Haarlemer gehabt hatten, die an der Pest gestorben waren.

Als Neeltje am nächsten Morgen erneut mit dem Tee erschien, weigerte er sich, ihn zu trinken, und verlangte stattdessen nach seinem Kaffee. Sie erinnerte ihn an Doktor Glasius' Empfehlung, doch bevor sie ihren Satz zu Ende sprechen konnte, hatte de Koninck ihr mit einer schwachen Geste seiner linken Hand, die aus dem Bett hing, klargemacht, dass er nicht daran dachte, das chinesische Getränk noch einmal zu sich zu nehmen.

Gegen Mittag brachte sie ihm sein Lieblingsessen ans Bett. Es war ein Gericht, das sie ihm immer zubereitete, um ihm eine Freude zu machen. Zuerst musste sie Würstchen anbraten und dann aus der Pfanne nehmen. Diese hackte sie in kleine Stücke und ließ sie anschließend mit etwas Butter, Nelken, Muskatnuss, Salz und Pfeffer in der Pfanne dünsten. Schließlich fügte sie Blumenkohl, Lauch, Knoblauch und Zwiebeln sowie Butter und Brühe hinzu. Doch entgegen seiner Gewohnheit rührte de Koninck sein Lieblingsgericht kaum an. Wenn sie an seine Tür klopfte, reagierte er manchmal nicht, und Neeltje wusste nicht, was sie tun sollte. War er eingeschlafen? Oder wollte er allein sein, wie so oft, wenn er arbeitete? Obwohl er wenig mit ihr sprach, antwortete er auf ihre Fragen – etwa, ob er noch etwas brauche – nur mit der gleichen Handbewegung, als wäre ein einfaches Ja oder Nein schon zu viel. Sie machte sich Sorgen, dass sich sein Zustand verschlimmern könnte. De Koninck blieb im Bett und schlief lange. Neeltje traute sich erst hinein, als sie ihn wieder husten hörte.

Als es ihm nach ein paar Tagen etwas besser ging, bat er um Vergils *Der Untergang von Troja.* Das Buch lag auf seinem Schreibtisch im Arbeitszimmer. Unter normalen Umständen hätte de Koninck seine Magd nie ohne seine Anwesenheit dort hineingelassen, doch seine Krankheit verlieh ihm eine seltsame Gleichgültigkeit. Sie solle nur das Buch holen und nichts anderes anfassen, flüsterte er. Neeltje nickte und eilte davon.

Während der kurzen Zeit, in der sie in seinem Arbeitszimmer war, machte er sich Sorgen, sie könnte die Decke von dem Porträt ziehen. Er blickte auf die Pendeluhr, die er einst beim Uhrmacher Ahasuerus Fromanteel in Amsterdam gekauft hatte. Sie stand in seinem Schlafzimmer, damit er immer die genaue Zeit wusste. Die Uhr hatte vierzehn Mal getickt, als Neeltje zurückkam und ihm das Buch reichte. Zwischen zwei Hustenanfällen brachte er ein kaum hörbares Dankeschön hervor. Neeltje lächelte und schlich sich leise aus dem Zimmer.

De Koninck blieb noch eine Woche lang im Bett. Einmal am Tag jedoch stand er auf, *um nach seiner Frau zu sehen*, wie er sich insgeheim sagte. Hüstelnd und schwer atmend stand er dann vor dem Porträt in seinem Arbeitszimmer und starrte die Frau in Schwarz an, die ihm nun unnahbar erschien. Es ärgerte ihn, durch die Krankheit wertvolle Zeit verloren zu haben, in der er nach ihr hätte suchen können.

Kapitel 13

Einige Zeit nach dem Tod seiner Frau hatte sich de Koninck hin und wieder kleinere Liebschaften gegönnt. Doch mit den Jahren musste er feststellen, dass auch diese ihn nach kürzester Zeit zu langweilen begannen. Er schlug immer häufiger die Gelegenheiten aus, die sich ihm boten – sogar von jüngeren Frauen. Eine Weile lang dachte er, dass mit ihm vielleicht etwas nicht stimme. Ein Gespräch mit seinem Freund, dem Maler Jan de Bray, beruhigte ihn jedoch. Es sei vollkommen normal, dass die Lust mit den Jahren abnehme, hatte de Bray gemeint. Er selbst fände nur noch Freude an seiner Kunst. Gut für dich, hatte de Koninck gedacht. Und was ist mit mir? Ich habe keine Kunst außer der des Verkaufens.

Eine Zeit lang hatte er begonnen, Bücher zu sammeln. Zunächst hatte er sich auf seltene Ausgaben von Plinius dem Älteren und Seneca spezialisiert. Später versuchte er es mit gewagteren Werken wie einer illustrierten Ausgabe der *L'Escole des Filles ou la Philosophie des dames*. Dieses Werk war schwer zu bekommen. Er hatte seine Beziehungen nutzen müssen, um es bei einem anonymen Drucker in Amsterdam zu erwerben. Eine Weile hatte er seine Freude daran, darin zu lesen, wie zwei Cousinen am französischen Hof von Ludwig XIV. über die Liebe zu den Männern – und zueinander – sprachen. Nachdem der Erwerb solcher Werke keinen besonderen Reiz mehr für ihn hatte, fing er an sogenannte „verbotene" Bücher zu sammeln. Diese wurden am Ende der Auktionen als „Sonstiges" im Hinterzimmer des Auktionators angeboten. Da er dort nicht persönlich erscheinen wollte, ließ er die Arbeit von einem Strohmann erledigen. Er versuchte mit einer Mischung aus Erstaunen und Neugierde, die Bücher von *Adriaen Koerbagh* und einem gewissen *Spinoza* zu lesen. Doch als er erkannte, dass auch diese Herren am Ende nur ihre Meinung über die Dinge darlegten, kühlte sein Interesse schnell ab. Bald gab er das Büchersammeln gänzlich auf.

De Koninck war nicht das, was man einen freien Geist nennen konnte. Dennoch empfand er eine geheime Freude an ketzerischen Ideen. Nicht, weil er selbst revolutionär dachte, sondern vor allem deshalb, weil er die Prediger nicht ausstehen konnte. Er hütete sich jedoch, seine Meinung öffentlich zu äußern – teils aus Schlauheit, teils aus Feigheit. De Koninck war ein Mensch, der sich nicht in die Karten schauen ließ. Er kannte seinen Platz und hatte alles, um ein stilles und glückliches Leben zu führen – gäbe es nicht diesen immer wiederkehrenden Wunsch, die Frau zu finden, mit der er all das hätte teilen können.

Nur war diese Frau bislang nicht aufgetaucht. Immer wusste er etwas an den Kandidatinnen auszusetzen. Entweder waren sie zu alt oder zu hässlich oder beides. War eine Frau jünger, war sie ihm zu unerfahren. Und die Gefahr, dass sie von ihm schwanger hätte werden können, hielt ihn davon ab, sie in Erwägung zu ziehen. Seine Freunde – außer ein paar Malern wie de Bray hatte er keine – hatten aufgehört, ihn auf diese oder jene Frau aufmerksam zu machen. Er sagte zwar „Jaja", entschied sich am Ende aber doch dafür, allein zu bleiben. „Die Frau, die dir wirklich gefällt, muss erst noch gemalt werden", hatte de Bray einmal gescherzt.

Und nun war eine gemalte Frau aufgetaucht. Und es war Verspronck gewesen, der sie gemalt hatte. Er überlegte, ob er es seiner Schwester erzählen solle.

Doch er ließ es bleiben, als würde allein die Tatsache, es auszusprechen, ihm die Möglichkeit verwehren, sie zu finden. Eines Tages, so war er überzeugt, würde er sie zufällig sehen – und dann würde er sie erkennen. Woher er diese Gewissheit nahm, konnte er sich selbst nicht erklären.

Das kleine, diskrete Lächeln auf den Lippen des Porträts gefiel ihm, auch wenn es das Geheimnis, das sie zu haben schien, nicht preisgab. Er sah es als seine Aufgabe an, das Rätsel zu lösen. Und je länger er dieses Lächeln betrachtete, desto rätselhafter erschien es ihm. Er stellte sich so nah wie möglich vor das Bild und flüsterte leise: „Wer bist du?", als könne das Porträt ihm antworten. „Sage es mir hier und jetzt – oder heute Nacht in meinen Träumen", sagte er eines Tages. Doch sie lächelte ihn weiterhin nur stumm an.

Kapitel 14

Anna Theodora hatte einen Sohn geboren. Nach den zwei Mädchen war de Koninck der Erste, der das Kind sehen durfte. Es lag im Arm seiner Schwester, und als er es sah, schaute er zuerst *sie* an, als wolle er sichergehen, dass ihr nichts fehlte. Adriaen wurde erst im Winter zurückerwartet. Dass er Vater eines Sohnes geworden war, würde er erst Monate nach der Geburt erfahren.

„Sein Name ist Adriaen", flüsterte Anna Theodora, als sie ihren Bruder näherkommen sah.

„Natürlich, natürlich", antwortete er.

Seine Stimme bebte – etwas, das ihm selten widerfuhr. Es war kalt in der Geburtskammer. Die Magd hatte Holz ins Feuer gelegt, aber es schien kaum zu helfen.

„Gibt es etwas, das ich für dich tun kann?"

„Bleib ein bisschen bei mir, Balthasar."

Es war eine Weile her, dass de Koninck seinen eigenen Namen gehört hatte – es fühlte sich an, als ob Anna Theodora von jemand anderem sprach. Sie hatte kaum hörbar gesprochen. Sie muss schwach sein, dachte er. Hoffentlich ist Adriaen jetzt, wo er endlich einen Sohn hat, zufrieden. Kinder zu bekommen war etwas, das de Koninck sein Leben lang vermieden hatte. Es war etwas für Menschen, die keine Zeit für Kunst hatten. Aber gab es etwas, das wirklich von ihm war? Er dachte an all die Gemälde, die er an die Bürger Haarlems verkauft hatte. Kein einziges Bild hatte er für sich behalten. Er hatte alles zu Geld gemacht. Nun, das Porträt der unbekannten Frau hatte er behalten.

Er schaute auf das kleine Kind, das in ein Tuch gewickelt an den Brüsten seiner Schwester schlief. Er wird in die Fußstapfen seines Vaters treten, so wie ich in die meines Vaters, dachte er. Ein Teil der Brust von Anna Theodora war sichtbar geworden, weil sich das Kind bewegt hatte. Er konnte nicht anders, als hinzusehen. Vielleicht war es die Nacktheit, die ihn anzog, aber zugleich davon abhielt, sich noch einmal auf eine Frau einzulassen. Als seine Frau noch lebte, hatte er das Bett mit ihr geteilt, aber in den letzten Jahren ihres Lebens nur selten mit ihr geschlafen. Sie hatte nie ein Wort darüber verloren. Und jetzt, wo sie gestorben war, bedauerte er, so herzlos gewesen zu sein.

Nach einigen Jahren hatte sie aufgehört, ihn zu fragen. Er hatte sie nur noch selten berührt, als fürchtete er, ihr Verlangen zu wecken.

Kapitel 15

Am Tag nach seinem Besuch starb Anna Theodora. Sie hatte bei der Geburt viel Blut verloren. Die Hebamme und ein Arzt waren in Eile geholt worden, als sie in der Nacht hohes Fieber bekommen hatte. Sie hatte kaum noch sprechen können. Man hatte ihr das Kind wegnehmen müssen. Als man de Koninck holte, war es schon zu spät. Er stand mit offenen Mund da und schaute auf ihre geschlossenen Augen, die ihm in den dunklen Augenhöhlen entrückt schienen. Er hatte sie kaum erkannt, als er in die Kammer trat. Aus der Ferne war das Schreien eines Kindes zu hören.

In den Tagen nach ihrem Tod irrte er durch sein Haus, als wüsste er nicht mehr, wo er war. Morgens blieb Neeltjes Kaffee kalt in einer Tasse auf dem Tisch stehen. Sie klopfte an die Tür seines Zimmers, aber de Koninck reagierte nicht. Er starrte auf die nackte Wand vor sich, als ob er dort die Antwort auf seine Fragen finden könnte. Es gelang ihm nicht einmal, eine Frage zu formulieren. Er hatte sich nie mit

Sinnfragen auseinandergesetzt, auch nicht nach dem Tod seiner Frau. Er hatte ihren Tod akzeptiert, wie man eine schlechte Ernte hinnimmt, einen Brand oder den *Delfter Donnerschlag*, bei dem vor mehreren Jahren der Pulverturm in Delft explodiert war.

Jetzt, wo seine Schwester nicht mehr da war, bedauerte er, nicht mit ihr über das Porträt gesprochen zu haben. Mit wem sollte er über seine unbekannte Liebe sprechen? Man würde ihn auslachen und nur den Kopf über ihn schütteln. Noch nie hatte sich de Koninck so allein gefühlt. Er ließ mehrere Auktionen verstreichen, und selbst Nachlässe interessierten ihn nicht.

Er ließ sogar den Haarlem-Besuch des Großherzogs der Toskana, Cosimo III. de' Medici, an sich vorübergehen. Cosimo wurde in Amsterdam von der Firma Uylenburgh empfangen. Während seiner Reise durch die Niederlande würde er bis zu fünfzehn Maler aufsuchen Er kaufte ein Selbstporträt von Bartholomeus van der Helst. Er erwarb Werke von Ludolf Bakhuizen, Willem van de Velde der Ältere, Otto Marseus van Schrieck und Nicolaes Maes. Und natürlich besuchte Cosimo Rembrandt, bei dem er ein Selbstporträt bestellte.

Er blieb gehüllt in seinem Morgenrock in seinem Arbeitszimmer. Sobald er sich vornahm, Mark Aurel oder irgendeinen anderen lateinischen Autor zu lesen, schlug er das Buch nach wenigen Sätzen wieder zu. Er streichelte seine Katze, die immer wieder seinen Schoß aufsuchte. Nur Neeltjes Gesang aus der Küche erinnerte ihn daran, dass er nicht allein war.

Kapitel 16

Anfang des 17. Jahrhunderts etablierte Salomon de Bray einen Malerbetrieb in Haarlem. Er hatte das Handwerk in den Werkstätten von Goltzius und Cornelis van Haarlem gelernt. Zusammen mit seinem Freund, dem kleinen, buckligen Kirchenmaler Pieter Saenredam, hatte er sich mit der Perspektivlehre befasst. Das dazu nötige Wissen hatten sie sich bei dem Mathematiker und Kartographen Pieter Wils angeeignet, der den Stadtplan von Haarlem gezeichnet hatte. Sein Haus war voll von geometrischen Instrumenten, Globen und Karten. Außerdem besaß er 259 Bücher. Nach Salomons Auffassung waren Geometrie, Malerei und Bildhauerkunst eng mit der Architektur verwandt. Alle Kunst besteht aus sicherem und wahrhaftigem Wissen, also aus Wahrheit. Auch die Baukunst stellt die Wahrheit dar, schrieb er in seiner Schrift *Architectura moderna ofte bouwingen van onsen tyt.* Er würde irgendwann die neue Fassade des Haarlemer Rathauses entwerfen

Seine drei Söhne Jan, Josef und Dirck hatten das Malerhandwerk gelernt, da sie Kopien von den Gemälden ihres Vaters hatten anfertigen müssen. Er nannte diese Kopien *Ricordi*. Der jüngste der drei Brüder, Dirck, hatte genauso wie sein Vater Salomon Locken, die bis auf seine Schultern fielen. Er war ein Außenseiter, der seltsame religiöse Ansichten hatte. Für de Koninck war es wenig überraschend, als Dirck irgendwann mit dem Malen aufhörte und sich in ein Kloster zurückzog. Er war wie de Koninck Mitglied der Lukasgilde, die sich in der *Schilderskamer* im Haarlemer Rathaus traf. Dort bat ihn Dirck, seinem Sohn Maarten die Kunst des Verkaufens beizubringen. Zunächst sagte er nein, weil de Koninck immer erst nein sagte, aber nachdem de Bray beharrlich blieb, willigte er ein, den jungen Mann zu empfangen.

Es war Neeltje, die mit fröhlicher Stimme die Türe öffnete. Sie führte Maarten de Bray gleich in das Gemäldezimmer, ohne ihn im Wartezimmer warten zu lassen, wie es bei vornehmem Besuch üblich war. Ihr Blick fiel auf seine lange, schmale Gestalt. Er hatte einen kleinen Schnurrbart, der ihm gut stand, wie sie fand, und trug eine hellblaue Jacke, die Neeltje ihm beim Eintreten gleich abgenommen hatte. Herr de Koninck werde ihn gleich empfangen, sagte sie mit einer Stimme, die etwas zu begeistert klang. Zumindest war dies de Konincks Eindruck, der die Ankunft des jungen Mannes von der Galerie aus beobachtet hatte. Er beobachtete ihn noch eine Weile, während er vor einem Stillleben von Heda stand. Schließlich kam er mit langsamen Schritten die knarrende Treppe hinunter, als hätte man ihn bei wichtiger Arbeit gestört. Das Wissen des jungen Mannes war bestenfalls mittelmäßig. Weder die Seeschlacht von Van de Velde noch das Jagdstück von d'Hondecoeter wusste er zu identifizieren.

Als Maarten de Bray bereits gegangen war und de Koninck in der Küche sein Abendessen aß, sagte Neeltje auf einmal: „Ich finde Herrn de Bray nett."

De Koninck ließ seinen Löffel in den Teller sinken und entgegnete: „Es geht nicht darum, ob er nett ist, sondern ob er etwas von Malerei versteht."

„Gib ihm etwas Zeit", sagte Neeltje. „Er scheint wissbegierig zu sein."

„Sicher, sicher", murmelte de Koninck. Vielleicht sogar etwas zu wissbegierig, dachte er bei sich, als er sich schon wieder in seinem Arbeitszimmer befand und einen Blick auf Versproncks Porträt warf.

Der junge Student schien fleißig zu sein. Und bald gab ihm de Koninck den Auftrag, seinen Bestand zu ordnen – etwas, wofür er weder Zeit noch Lust hatte. Er führte ihn in seine Abfallkammer. Dort sollte er sich alle Gemälde, Skizzen und Zeichnungen ansehen und ein vollständiges Inventar anfertigen. „Vielleicht finden wir etwas, das Wert hat", sagte er noch, bevor er den jungen Mann allein ließ. Neeltje brachte ihm einen alten Stuhl, und so machte sich Maarten de Bray an die Arbeit.

Kapitel 17

Menschen haben viel mit Gemälden gemeinsam, hatte Verspronck einmal gesagt. Sie haben ähnliche Probleme, wenn sie altern. Gerade die Haut ist wie die Oberfläche eines Ölgemäldes. Er hatte auf die Linien und Risse, die sich mit der Zeit auf der Oberfläche eines Gemäldes bilden, gezeigt und sie mit den Linien und Falten auf den Gesichtern älterer Menschen verglichen. Er hatte gerade an einem Porträt einer älteren Witwe gearbeitet. Die Falten im Gesicht der Frau waren tief in ihre Haut eingegraben.

Im Gegensatz zu Hals, der auf Leinwand malte, benutzte Verspronck als Bildträger für seine späteren Porträts meist Bretter aus Eichenholz. Er war der Meinung, dass seine reiche Haarlemer Klientel es verdiente, auf etwas Beständigem gemalt zu werden. Die Nägel, mit denen die Leinwand am Keilrahmen befestigt ist, rosten, sagte er bei einem Besuch in seiner Werkstatt zu de Koninck. Sie schwächen die Leinwand irgendwann, was wiederum dazu führt, dass sich schneller Krakelee im Bild bildet. Das Holz des Keilrahmens sorgt dafür, dass die Leinwand mit der Zeit an Festigkeit verliert. Man sieht es an den Stellen, an denen sich die Leinwand um den Keilrahmen biegt.

De Konincks Porträt war auf Holz gemalt. Dennoch waren feine Risse zu sehen. Er schloss daraus, dass es sich um ein früheres Werk von Verspronck handeln dürfte, vielleicht aus den vierziger Jahren. Stimmte seine Annahme, müsste die Frau heute etwa zwanzig Jahre älter sein. Aber ganz sicher war er sich nicht, denn kleine Risse konnten schon nach einigen Monaten auftreten, wenn die Farbe richtig zu trocknen begann. Gerade auf Holzpaneelen gemalte Bilder waren für Krakelee anfällig, insbesondere dann, wenn das Bild der Feuchtigkeit ausgesetzt war. Das hätte bei Adam Heck der Fall sein können. Hecks Haus war ihm nicht gerade gut geheizt erschienen, als er den Nachlass kaufte.

Die Eichenbretter, auf denen Verspronck seine Porträts malte, waren jedoch von bester Qualität. Sie stammten aus den waldreichen Gebieten Nordpolens oder aus dem Baltikum und kamen über den Hafen von Danzig, die Ostsee und durch das dänische

Zollhoheitsgebiet in die Nordsee. Für den Bau eines Segelschiffs verbauten die Holländer viertausend 150-jährige Eichen. Für ein Kriegsschiff mit hundert Kanonen brauchte man sogar fünftausend Eichen. Seit Anfang des Jahrhunderts wurden Windmühlen zum Sägen von Schiffsholz verwendet. Das ermöglichte es den Holländern, ein Schiff in vier Monaten zu bauen. Die Engländer brauchten dazu ein Jahr. Die Folge war, dass die Holländer vermehrt Aufträge aus dem Ausland bekamen. Auch der russische Zar Peter der Große bestellte Schiffe.

Wenn Verspronck ein Bild auf Eichenbretter malte, bedeutete dies wohl, dass die Dargestellte in der Lage war, ein solches Bild zu bezahlen. Daraus schloss er, dass die Dame in den besten Kreisen Haarlems zu finden sein musste. Adelig war sie vermutlich nicht, denn dann hätte Verspronck das Familienwappen in die linke obere Ecke gemalt. De Koninck hatte das Bild mit einem Schwamm und etwas Gallenseife gereinigt. Damit hatte er den Staub und den Schmutz, der sich im Laufe der Jahre festgesetzt hatte, entfernt. Einige Tage später trug er dann Firnis aus Mastixharz auf. Er hatte er die Stelle, an der Verspronck üblicherweise das Familienwappen malte, mehrmals mit seiner Lupe studiert, aber nirgends war auch nur ein Schatten eines Familienwappens zu sehen gewesen. Es war also auch nicht übermalt worden. Die Frau kam also aus bürgerlichen Kreisen. Aber de Koninck kannte alle bürgerlichen Familien in Haarlem, die sich ein solches Porträt leisten konnten. Eine solche Schönheit wäre ihm sicher aufgefallen, so wie ihm alles auffiel, was schön oder zumindest außergewöhnlich war.

Einen Augenblick lang kam ihm der Gedanke, dass er sie vielleicht in Amsterdam oder gar in Den Haag würde suchen müssen. Das würde ihn dazu zwingen, Haarlem zu verlassen oder zu reisen. Allein bei der Vorstellung verdüsterte sich seine Miene. Er tröstete sich mit dem Gedanken, dass Verspronck selbst selten Haarlem selten verlassen hatte. Die Vorstellung, nach Amsterdam reisen zu müssen, wäre ihm ein Graus, wie Verspronck ihm mehrmals beteuert hatte.

Blieb noch die Möglichkeit, dass sie der Pestepidemie von 1664 zum Opfer gefallen war, bei der Jan de Bray seinen Vater Salomon und seinen Bruder Joseph verloren hatte. Bei dem Gedanken spürte er einen fast unmerklichen Stich in der Brustgegend, als wäre diese Möglichkeit bereits eine feststehende Tatsache. De Koninck musste alle Argumente seiner stoischen Bildung in sich wachrufen, um diesen Gedanken zu vertreiben. Gab er sich ihm in einem Moment der Schwäche doch hin, trieb es ihn fast in den Wahnsinn. Er hatte seine Contenance verloren.

Kapitel 18

Der Frühling ging langsam in den Sommer über, aber im Jahr 1667 ließ sich die Sonne nur selten blicken. Die Ernte war mager, und Neeltje gelang es kaum, einen ordentlichen Hutspot zu kochen. Pastinaken waren auf dem Markt kaum zu bekommen. Überall hörte man die Klage, dass die Erde in diesem Jahr nicht viel bringen würde, weil das Frühjahr wieder zu kalt und zu nass gewesen war. Die Schnecken fraßen sich an allem satt, was ein Blatt trug. Die Erbsen und Bohnen blieben klein, und die Möhren waren so dünn und unbedeutend, dass man sie kaum in der Erde fand. Die Prediger in den Kirchen wurden nicht müde, die Gläubigen an ihre Sünden zu erinnern. Die magere Ernte sei eine Strafe für ihre Sucht nach Luxus und ihr gottloses Leben. Selbst im Sommermonat Juli musste Neeltje Holz aus dem Keller holen, um das Haus zu heizen. Der Ofen in der Küche brannte Tag und Nacht. Durch die Torfbrennerei in den Häusern hing ein brauner Nebel über Haarlem, den nicht einmal der Wind von der Spaarne vertreiben konnte.

De Koninck schloss sich, in einen warmen Mantel gehüllt, in seinem Arbeitszimmer ein. Seine Katze suchte seinen Schoß auf, als wolle auch sie sich ein wenig wärmen. Die Decke blieb meistens über dem Porträt hängen, als wolle er vergessen, dass er im Frühling verliebt gewesen war.

Es war an einem grauen Tag, dass Maarten de Bray ihn in seine Abfallkammer rief. Auf dem Tischchen, an dem er arbeitete, lagen drei Aktzeichnungen.

„Diese Zeichnungen scheinen mir gut zu sein", sagte der junge de Bray in einem schüchternen Ton.

„Signiert?"

„Leider nicht."

De Koninck warf einen verwunderten Blick auf die Skizzen, die in ihrer Eindeutigkeit nichts zu wünschen übrigließen. Der Zeichner hatte die Frau so dargestellt, wie Gott sie geschaffen hatte. Er wusste nicht, was er sagen sollte. In Haarlem gab es nur wenige Maler, die sich an den weiblichen Akt gewagt hatten. Man konnte ein solches Gemälde nicht in seinem Haus aufhängen, nicht einmal in der Küche. Es war etwas, das sich vielleicht adelige Leute leisten konnten, sofern sie Interesse an dieser Malerei hatten. Lieber steckten sie ihr Geld in die Jagd oder in teure Kleidung.

„Sie stammen aus dem Nachlass von Adam Heck", fügte de Bray noch hinzu.

De Koninck zog eine Braue hoch und sagte dann:

„Gut, ich werde sie oben studieren."

Er schnappte sich die drei Zeichnungen und verschwand mit großen Schritten nach oben. Dort holte er die Lupe aus dem Schrank, der in der Ecke seines Arbeitszimmers stand und den er nur selten öffnete. Es handelte sich jedes Mal um dieselbe Frau. Die Schraffuren in den Schatten erinnerten ihn an Stiche von Rembrandt, die er kannte. Die hellen und dunklen Flächen waren jedoch weniger angedeutet. Der Zeichner hatte den Körper der Frau anatomisch korrekt gezeichnet, und die Einzelheiten waren bis zur Perfektion ausgearbeitet. Es war dem Zeichner offenbar daran gelegen, den Bau des Körpers, die Muskeln und Glieder so zu zeigen, dass man sie fast hätte studieren können. Genauso wie bei der Dissektion einer Leiche, dachte de Koninck. Er hatte als junger Mann auf Geheiß seines Vaters einer solchen im anatomischen Theater von Nicolaes Tulp in Amsterdam von der höchsten Sitzreihe aus beigewohnt. Es hatte ihn mehrere Tage gekostet, den Eindruck des geöffneten Körpers zu verarbeiten. Er hatte den Entschluss gefasst, dass es bei diesem einen Mal bleiben sollte und dass er seine Neugier auf den menschlichen Körper zügeln würde.

Während er die Aktzeichnungen betrachtete, spürte er denselben Schauer wie damals während der anatomischen Lektion. Der Zeichner hatte die Frau mit halbgespreizten Beinen auf ihrem Bauch liegend porträtiert. Es war, als wolle er den Betrachter dazu einladen, genau die Stelle zu sehen, wo die Beine sich trafen. Nicht einmal Rubens hätte so etwas gewagt. Die Schamteile waren immer auf die eine oder andere Weise durch einen Arm, ein Bein oder durch ein Tuch bedeckt. Oder durch eine andere Figur auf dem Bild.

De Koninck hielt die Lupe über die Stelle und studierte die Striche, die das Körperteil ohne Scham zeigten. Er drehte das dunkle Blatt um, aber die Rückseite war leer, als hätte der Künstler sein Werk nicht mit anderen Motiven besudeln wollen, wie es oft der Fall war. Es waren Skizzen, die zu genau waren, um als Grundlage für ein Gemälde zu dienen. Der einzige

Körperteil, den er nur andeutungsweise wiedergegeben hatte, war das Gesicht. Als hätte der Zeichner vermeiden wollen, dass man die Frau wiedererkannte. Wenn man die Zeichnungen verkaufen wollte, müsste man ganz anders vorgehen. Und ein Gemälde konnte man daraus auch nicht fertigen lassen. Niemand würde es kaufen, außer vielleicht ein Liebhaber der weiblichen Schönheit. De Koninck wusste nicht, was er davon halten sollte. Er öffnete seinen Tresor mit dem Schlüssel, den er immer bei sich trug, und legte die Skizzen unter seine Papiere der VOC.

In der Nacht schlich er in sein Arbeitszimmer und holte die drei Aktzeichnungen aus seinem Tresor wieder hervor. Beim Schein einer Kerze betrachtete er sie noch einmal eingehend. Als er am nächsten Morgen wach wurde, war er sich fast sicher, dass es sich um dieselbe Frau handeln musste, deren Porträt er besaß. Sie hatte die gleichen Haare, nur hatte Verspronck sie so dargestellt, als wäre sie direkt aus seinem Bett gestiegen. Wenn er eine Geliebte gehabt hatte, dann war sie es gewesen. Aber warum hatte er sie dann in einem schwarzen Kleid dargestellt, was doch ein Zeichen dafür war, dass sie verheiratet war? Hätte er ein Verhältnis mit einer verheirateten Frau aus Haarlem gehabt, wäre er ein enormes Risiko eingegangen. War das der Grund, weshalb er selbst nie geheiratet hatte? Und war das der Grund, weshalb er das Porträt irgendwann Heck anvertraut hatte? Aber ging er damit nicht noch ein viel größeres Risiko ein? Es hätte ihn ruinieren können. Dann wiederum hatte Verspronck irgendwann genug verdient. In den letzten zehn Jahren seines Lebens hatte er kaum noch gemalt.

Kapitel 19

An Sonntagen wurde Neeltje von ihrer Schwester Geertrui abgeholt. De Koninck trank in der Küche seinen schwarzen Kaffee und aß ein Stück Reiskuchen, den sie am Vortag gebacken hatte. Die Katze hatte sich auf einem freien Stuhl gelegt, der an der Wand gegenüber dem Ofen stand, und schlief. Nach dem Kaffee ging de Koninck in sein Arbeitszimmer, um einen Stüber für Neeltje zu holen. Wenn der Türklopfer zweimal auf das Eichenholz der Haustür traf und Neeltje herbeieilte, lauschte er dem fröhlichen Schnattern der beiden Frauen. Nachdem die Eichentür sich hinter ihnen geschlossen hatte und ihre Stimmen in der Straße verklangen, verbrachte de Koninck den Vormittag allein im Haus. Gegen Mittag ging er aus, um ein Pfund Kalbfleisch zu essen.

An einem solchen Sonntagnachmittag besuchte ihn sein Freund Jan de Bray. Er war Hauptmann der Lukasgilde in Haarlem und wie Hals und Verspronck Porträtmaler. Er war genauso wie sein Bruder Dirck schlank und groß und hatte lange lockige Haare, die ihm bis auf die Schultern fielen. Bekannt war er für seine große Nase, für die er sich hin und wieder kleine Sticheleien gefallen lassen musste. Er hatte zweimal geheiratet, aber die Ehen hatten ihm wenig Glück gebracht, weil beide Frauen jeweils nach zwei Jahren verstorben waren.

Nachdem Neeltje gegangen war, hatte de Koninck das Porträt der unbekannten Frau hinuntergetragen und auf eine Staffelei in der Gemäldekammer aufgestellt. Als Jan de Bray das Porträt zu Gesicht bekam, sagte er kein Wort. Er blieb vor der Staffelei stehen. Er schaute sich die Hände an, die Textur des Kleides, die Art, wie die Spitze im Kragen und an den Ärmeln gemalt war. Er schaute sich auch lange das Gesicht an, als müsste er tief in seinem Gedächtnis nach etwas suchen. De Koninck hatte ihn schweigend von hinten beobachtet, aber verbat es sich, auch nur ein Wort zu sagen. Er hatte lange gezweifelt, ob er das Porträt überhaupt jemandem zeigen wollte, hatte die Entscheidung lange vor sich hingeschoben und immer wieder vertagt. Erst als er nicht mehr weiterkam, hatte er Jan de Bray eingeladen, weil er ihm „etwas" zeigen wollte.

„Und es ist nicht signiert?", unterbrach de Bray die lange Stille, ohne sich umzudrehen.

„Nein."

„Und es war Teil von Hecks Nachlass?"

„Genau. Ohne weitere Angaben."

De Koninck hatte einen Augenblick gezweifelt, ob er die drei Aktzeichnungen erwähnen sollte, aber er biss sich auf die Lippe. Vielleicht wusste Jan mehr, wenn er das Porträt sah. Wenn jemand in Haarlem über Porträtmalerei etwas wusste – außer ihm selbst – war es doch wohl Jan de Bray.

„Tja... es ist ein Verspronck."

„Ich weiß."

„Aber Verspronck signierte immer."

„Genauso ist es."

„Wenn nicht irgendwo auf dem Stuhl, dann irgendwo in der linken Ecke."

„Ja, bei den Frauen links und bei den Männern rechts", fügte de Koninck hinzu.

„Hast du mit der Lupe...?"

„Ich habe das ganze Bild mehrmals untersucht. Es gibt nichts, auch kein Wappen."

„Für mich besteht kein Zweifel, dass es ein echter Verspronck ist. Es ist einfach zu gut", sagte de Bray.

„So ist es."

„Aber du kannst es nicht verkaufen, weil du nicht weißt, wer es ist."

De Koninck zögerte. Er wusste, dass er seinem Freund nichts vormachen konnte.

„Nun, so wie die Dinge stehen, ist es unverkäuflich", sagte er schließlich.

„Dann häng es bei dir auf', scherzte de Bray. „Die Frau ist hübsch."

„Gewiss... gewiss... Ich wüsste nur nicht, wo."

Es war der Augenblick, in dem sich de Bray zum ersten Mal umdrehte und in schallendes Gelächter ausbrach.

„Du kannst sie in deiner Küche aufhängen, dann siehst du sie jeden Tag."

Er hatte vor lauter Lachen die Worte „jeden Tag" kaum noch aussprechen können. Die Vorstellung, ein unbekanntes Frauenporträt in der Küche aufzuhängen, schien de Koninck dermaßen grotesk, dass auch er in Gelächter ausbrach. Es schallte durch das ganze Haus. Nur sein Freund war in der Lage, bei ihm eine so spontane Freude auszulösen. Sie wussten von der Gewohnheit mancher Bürger, kleine Landschaften, Stillleben oder Wirtshausszenen in ihrer Küche aufzuhängen, aber niemand wäre auf die Idee gekommen, ein Frauenporträt, das in den Salon gehörte, dort aufzuhängen.

Die beiden Freunde würden den Nachmittag mit mehreren Gläsern Wein verbringen. Jan de Bray würde noch mehrmals auf das Porträt zurückkommen und noch absurdere Vorschläge machen, wo er es aufhängen würde. Er war zwar zweimal verwitwet, aber er hatte nie seine Lebensfreude verloren. Vielleicht beneidete ihn de Koninck deswegen ein wenig. Er wünschte sich insgeheim, dass er das Leben auch so feiern konnte, wie Jan de Bray es vermochte. An diesem Tag schien es ihm, als hätten sich die vergebliche Suche nach der Frau und der Verlust seiner Schwester in Luft aufgelöst. Das Lachen seines Freundes hatte ihn befreit.

Kapitel 20

Nach dem Besuch von Jan de Bray verlor de Koninck das Interesse an dem Porträt. Er stellte es in eine dunkle Ecke seines Arbeitszimmers und drehte das Bild zur Wand. Er würde wohl nie erfahren, wer die Frau auf dem Porträt war. Verspronck hatte sein Geheimnis mit ins Grab genommen – und vielleicht war das auch besser so. Er ging wieder öfter essen. Er besuchte Auktionen und erwarb Nachlässe. Er nahm sein altes Leben wieder auf, als sei nichts geschehen.

Doch mit seinem alten Leben kehrte nach und nach auch die Melancholie zurück, die ihn seit Jahren begleitete. Es war eine Krankheit, die nicht wenige Männer und Frauen überfiel, vor allem in den dunklen Wintermonaten, wenn die Sonne untergegangen war – falls sie sich überhaupt blicken ließ. Er verbrachte ganze Abende in seinem Arbeitszimmer. Anfangs fiel durch das Fenster, das zur Straße zeigte, noch ein schwaches Licht. Als auch dieses erlosch, stützte er das Kinn in die Hand. Vom schwachen Licht einer einzigen Kerze beleuchtet, blickte er auf die leere Wand vor ihm. Auf seinem Arbeitstisch stand eine Sanduhr, und vor ihm lag eine offene Schere, die er an ihren Platz zurückzulegen vergessen hatte. Einige Folianten stapelten sich auf dem Schreibtisch und daneben lagen zwei Bücher, ein offenes und ein geschlossenes. Das geschlossene Buch war ein Lehrgedicht von Lukrez, *Über die Natur der Dinge*. Es war Ruisdael, der es ihm geschenkt hatte. Es äußerte sich kritisch gegenüber jeglichem religiösen Bestreben und versuchte, dem Leser Gemütsruhe und Gelassenheit zu vermitteln. Er hatte mehrfach versucht, es zu lesen, doch immer wieder aufgegeben. Das offene Buch war eine lateinische Fassung der *Oden* von Horaz, die Standhaftigkeit und Genügsamkeit lehrten. Sein Tintenfass war fast leer, und die Schreibfeder, mit der er in seinen Geschäftsbüchern schrieb, hing weit über die Tischkante. In dem Römer befand sich nur noch ein winziger Schluck Wein. Er hatte eine aufgebrochene Walnuss, die er nicht gegessen hatte, weil sie faul war, liegen lassen. Er drehte die Sanduhr um und schaute zu, wie der Sand langsam von einem Kolben in den anderen floss. Er wartete, bis der obere Kolben leer war, drehte die Sanduhr erneut um und schaute wieder zu.

Dann fasste er sich an den Kopf, auf dem die Haare mit den Jahren immer dünner und grauer geworden waren. Manchmal schien er nur vor sich hin zu träumen. Er wurde erst aus seinen Träumereien gerissen, als er seine Katze an seinen Beinen spürte. Die Kerze war erloschen, und er musste sich im Dunkeln vortasten, bis er in einer Schublade eine Ersatzkerze fand.

Kapitel 21

De Koninck hatte sich an die Stille im Haus gewöhnt. Wenn er Neeltjes Gesang aus der Ferne vernahm, hielt er inne. Es war, als ob er ihn an etwas erinnerte, was er vor langer Zeit verloren hatte und was jetzt aus den Tiefen seines Gedächtnis emporstieg. An einem späten Nachmittag im November wurde er jedoch nicht von Gesang, sondern von lautem Gelächter aufgeschreckt. Es kam aus der Küche, so schien es ihm. Er stand auf und öffnete die Tür seines Arbeitszimmers ein wenig, damit er besser hören konnte. Er erkannte Neeltjes Stimme, die laut sprach, wobei sie hin und wieder in lautes Lachen ausbrach, dem sich ein männliches Lachen anschloss. Es war das Lachen Maarten de Brays, das in Neeltjes Lachen einstimmte. Dann wurde Neeltjes Stimme wieder leiser, bis die beiden erneut in schallendes Gelächter ausbrachen. Er hatte seit dem Besuch Jan de Brays selbst nicht mehr gelacht, fiel ihm ein. Bei den Sitzungen der Lukasgilde kam es gelegentlich zu Ausbrüchen von Heiterkeit, vor allem dann, wenn die Herren mehrere Gläser geleert hatten. De Koninck stimmte dann zwar in die Heiterkeit mit ein, aber er hatte nie so lachen können wie Frans Hals oder sein Freund Jan.

Er überlegte einen Augenblick, ob er dem Ganzen ein Ende bereiten sollte, zog es dann jedoch vor, die Tür seines Arbeitszimmers zu schließen und ruhig zu warten, bis der Lärm aufhörte. Er blieb in seinem Sessel sitzen, als würde er das Ende eines Sturms abwarten. Seine Katze war nähergeschlichen und wartete darauf, dass er mit dem Streicheln begann.

Einige Tage später wurde er erneut von häuslichem Lärm aufgeschreckt. Diesmal kam er nicht aus der Küche. Er hörte schnelle Schritte im Gang, begleitet von einem aufgeregten Schrei. Diesmal verließ er das Arbeitszimmer und stellte sich in eine dunkle Ecke neben dem Leinenschrank. Die Schäkerei schien in einem erstickten Lachen zu enden, und er meinte sogar, ein leises „Pssst..." zu vernehmen. Es wurde wieder still, und dann brach das Gelächter wieder hervor. Diesmal schien es aus seiner Abfallkammer zu kommen.

Es sollte ihm eigentlich egal sein, was die beiden trieben, solange sie keinen Unfug in seinem

Haus anstellten, dachte er kurz. Aber irgendwie behagte es ihm nicht, dass der junge Herr de Bray es auf seine Magd abgesehen hatte. Er könnte dem Ganzen ein Ende setzen, indem er ihn entließ. Irgendein Grund würde ihm wohl einfallen. Aber damit würde er sich nur lächerlich machen. Es würde die beiden nicht davon abhalten, sich im Geheimen zu treffen. Vielleicht war es genau die Angst vor einer solchen Situation, die ihn davon abgehalten hatte, Maarten de Bray bei sich aufzunehmen. Er wusste, dass junge Menschen sich nicht im Griff hatten. Am liebsten hätte er nein dazu gesagt, de Bray aufzunehmen, wäre Dirck de Bray nicht so beharrlich geblieben. Er hatte den jungen Mann immer wieder auf seine Aufgaben hinweisen müssen. Er war zwar lernbereit, aber auch nicht gerade ambitioniert – etwas, das de Konincks Interesse eher geweckt hätte. Er betrachtete ihn, genau wie seine Magd, als Personal seines Hauses. Es war ein Mund mehr zu ernähren. Doch allein die Vorstellung, dass er seine Magd schwängern könnte, verursachte ihm Unbehagen. Das war auf jeden Fall zu vermeiden. Sein Leben mit Neeltje war bislang ruhig und gut gewesen. Sie kochte für ihn, putzte das Haus und schrubbte täglich den Gang, die Kunstkammer und das Empfangszimmer. Maarten de Bray störte. Er störte sein stilles und ruhiges Leben.

Kapitel 22

Eines Sonntags klopfte es an der Tür. Neeltje war wie gewohnt ausgegangen, und de Koninck war allein zu Hause. Als er die Tür öffnete, blickte er auf die hagere Gestalt von Engel Verspronck. Er trug eine große Mappe unter dem Arm und schaute de Koninck mit schüchternen Augen an. Er habe ihm etwas zu zeigen, sagte er mit fast heiserer Stimme. De Koninck ließ ihn eintreten, nahm seinen Mantel und seinen schwarzen Hut und führte ihn in das Empfangszimmer. Es war ein sonniger Tag, und helles Licht ergoss sich durch die hohen Fenster in den Raum.

„Meine Schwester ist zur Messe in der *Schuilkerk* gegangen und weiß nichts von meinem Besuch bei Ihnen. Sie wird aber bald zurück sein, deswegen habe ich nur wenig Zeit", flüsterte er, als fürchtete er, dass Aertge während der Messe hören könnte, was er in de Konincks Haus sagte.

„Ich habe etwas in dieser Mappe, das Sie interessieren könnte, Herr de Koninck."

De Koninck bedeutete Engel Verspronck, die Mappe auf den Eichentisch in der Mitte des Empfangszimmers zu legen und aufzuschnüren.

„Ich habe diese Mappe meines Bruders im Haus versteckt. Meine Schwester weiß nicht, dass es sie noch gibt."

De Koninck konnte es kaum fassen. Die Mappe enthielt sämtliche Zeichnungen und Skizzen des Malers, darunter mehrere Aktzeichnungen, die Verspronck angefertigt hatte. De Koninck erkannte die Frau sofort wieder. Es gab detaillierte Studien des Gesichts im Profil und im Halbprofil. Es gab Studien ihrer Hände, manche mit Spitzenmanschetten und manche ohne. Es gab Zeichnungen, in denen sie einfache Kleidung trug, aber genauso Zeichnungen, in denen sie unterschiedliche Roben anhatte, als gehöre sie zu einer vermögenden Familie. Fast immer trug sie dabei einen Kragen aus teurer Spitze. Es gab sogar Studien der Spitzenbänder selbst, als hätte Verspronck die aufwändige Malerarbeit eines Spitzenmusters erst vorzeichnen müssen, bevor er sie malen konnte.

„Und all diese Skizzen beziehen sich auf dieselbe Person?", wollte de Koninck sich vergewissern.

„So ist es."

„Und diese Frau wohnte bei Ihnen?"

„Sie hieß Geertje und war unsere Magd, bis unser Bruder vor fünf Jahren starb."

„Hat sie Sie nach dem Tod Ihres Bruders verlassen?"

„Meine Schwester hat sie entlassen."

„Entlassen? Weshalb?"

„Nun, meine Schwester und Geertje haben sich nicht gut verstanden", sagte er in einem schüchternen Ton. „Mein Bruder hatte ein besonderes Verhältnis zu Geertje. Sie war… nun ja, sie war…"

„Seine Geliebte?"

„So könnte man es ausdrücken, ja."

„Und das hat Ihrer Schwester nicht gepasst?"

„Sie hat immer von Schande gesprochen. Meine Schwester ist sehr religiös."

„Nun, die Magd hat Ihren Bruder offenbar inspiriert."

Engel Verspronck schaute de Koninck an, als verstünde er nicht recht, was er damit meinte. De Koninck konnte sich an den vielen Skizzen und Zeichnungen nicht sattsehen.

„Und weshalb zeigen Sie mir diese Zeichnungen?"

„Meine Schwester weiß nichts von der Existenz dieser Mappe. Ich musste Unwohlsein vortäuschen, damit ich sie nicht zur Messe begleiten musste. Deswegen habe ich wenig Zeit."

„Und wo ist Geertje jetzt?"

„Das kann ich Ihnen nicht sagen. Sie wurde von meiner Schwester unehrenhaft entlassen, und seitdem habe ich sie nicht mehr gesehen."

„Unehrenhaft?"

„Es gab kein Empfehlungsschreiben."

„Kein Empfehlungsschreiben? Sie hat die Frau nach jahrelangem Dienst einfach so auf die Straße geschickt?"

Engel Verspronck schwieg, und de Koninck verstand, dass er sich schämte, nicht mehr für die Magd getan zu haben. Da er es eilig hatte, bat er um seinen Hut und seinen Mantel, und wenige Augenblicke später befand sich de Koninck allein im Empfangszimmer. Der Eichentisch war übersät mit Zeichnungen und Skizzen, die Verspronck von der Frau angefertigt hatte, die de Koninck seit Monaten suchte.

Kapitel 23

Verspronck hatte die Skizzen als Vorstudien für sein Porträt genutzt. De Koninck erkannte sämtliche Motive wieder, die auf dem Bild zu finden waren. Es gab Studien von den Spitzenmanschetten der Frau, die Verspronck auf dem Porträt exakt wiedergegeben hatte. Das war merkwürdig, denn Verspronck war nie ein Zeichner gewesen. Hatte er den Auftrag, eine Person zu porträtieren, ließ er sie in sein Atelier kommen. Die Betroffene hatte dann die schwierige Aufgabe, stundenlang in absoluter Stille zu sitzen, denn Verspronck war wortkarg. Es war eine anstrengende und langweilige Tätigkeit, und die Sitzende bekam ihr Porträt erst nach Monaten zu sehen. Verspronck malte direkt mit Ölfarbe, was er vor sich sah. Er bat die zu porträtierende Person, in genau der Position zu verharren, in die er sie gesetzt hatte. Die geringste Bewegung konnte das Verrutschen des Kleides zur Folge haben. Eine Falte im Kleid, die bislang hervorgehoben werden musste, weil von der Seite Licht auf sie gefallen war, konnte sich nun plötzlich im Dunkeln befinden, und die Stelle, die zuvor noch im Dunkeln gelegen hatte, konnte sich nun auf einmal im hellen Licht befinden. Verspronck hatte sein Atelier wie die meisten Maler an der Nordseite seines Hauses eingerichtet, wodurch nur helles Licht, aber keine direkte Sonne hereinschien. Doch die ständig wechselnde Bewölkung in den Niederlanden sorgte dafür, dass es im Atelier mal hell und dann wieder dunkler wurde, wenn sich eine Wolke vor die Sonne schob. „An manchen Tagen könnte ich die Pinsel geradezu an die Wand schmeißen", hatte ihm Verspronck einmal anvertraut. „Jeden Augenblick ist das Licht anders. Da nutzt es mir nichts, wenn die Sitzende die Geduld und Ruhe in Person ist. Die ständig wechselnde Bewölkung macht die ganze Arbeit zunichte."

Es war ein erstaunliches Bekenntnis gewesen, denn Verspronck selbst war die Ruhe selbst gewesen. Zumindest war das der Eindruck, den de Koninck von dem Maler gehabt hatte, denn gerade diese Eigenschaft drückte sich doch in seiner Malerei aus. Sein Stil war geradezu das genaue Gegenteil von dem Frans Hals', der selbst immerfort in Bewegung war und fast nie stillsitzen konnte. Vielleicht war das stundenlange

Stillsitzen der Grund gewesen, weshalb Verspronck irgendwann mit dem Malen aufgehört hatte. Vielleicht hatte er genug vom konzentrierten Arbeiten an irgendeinem malerischen Detail gehabt, sei es ein Schatten unter einem Auge, ein abstehendes Ohr oder eine tiefgraue Falte eines Mantels. Vielleicht hatte er eines Tages einfach leben wollen. Geld hatte er genug. Und vielleicht hatte er mit seiner Magd Geertje leben wollen, wenn dies auch von seiner eifersüchtigen Schwester missbilligt wurde. Vielleicht hatte er deshalb all diese Skizzen von seiner Magd anfertigen müssen, weil die beiden es im Atelier nicht geschafft hatten, auch nur eine Stunde stillzusitzen.

De Koninck hätte noch so viele Fragen an Engel Verspronck gehabt. Aber er war ebenso schnell verschwunden, wie er gekommen war – wie jemand, der nur eine Botschaft zu überbringen hatte, ohne Kommentar dazu zu geben. Wie hatte Verspronck seiner Magd so vertrauen können? Das teure Kleid, das sie auf seinem Porträt trug, war bestimmt nicht ihres. Er hatte es irgendwo leihen oder kaufen müssen. Oder hatte er es von seiner Schwester geborgt? War Verspronck eine Art Freigeist gewesen, der es mit den Sitten nicht so genau nahm? Man würde doch das Gegenteil vermuten. Vielleicht war er einfach nur verliebt gewesen und hatte sich die tollsten Sachen ausgedacht. Vielleicht hatte er es eines Tages sattgehabt, die steifen und eingebildeten Bürger Haarlems zu malen.

Er hatte seine Magd gerade deswegen so dargestellt, wie sie sich im Augenblick des Malens gefühlt hatte. Sie war verliebt gewesen und hatte unentwegt lächeln müssen. Und Verspronck hatte es mit seinem Pinsel festgehalten. Er hatte sie so dargestellt, wie es eigentlich nicht sein durfte: als wäre sie nach dem Liebesakt seinem Bette entstiegen und hätte hastig das teure Kleid seiner Schwester angezogen. Vielleicht hatte Aertge vor Neid an der Tür gelauscht und die Magd zum Teufel gewünscht, weil sie ihren Bruder von der Arbeit abhielt. Ein Porträt von einer Magd in einem bürgerlichen Kleid – in *ihrem* Kleid – war unverkäuflich. Es war Verspronck offensichtlich egal gewesen. Verspronck hatte sich von seiner eigenen Arbeit befreit. Er war ein freier Mann geworden, der genau das getan hatte, was ihm in den Sinn kam. Dafür beneidete de Koninck ihn. Er schien selbst nicht in der Lage zu sein, ein solches Leben zu führen.

Kapitel 24

Die Vorstellung, in eine Magd verliebt zu sein – und dann auch noch in Versproncks Dienstmagd – behagte de Koninck gar nicht. Er hätte sich gewünscht, Verspproncks Geliebte stammte aus einer bürgerlichen Familie. Und jetzt musste er die Frau in den niedrigsten Kreisen der Stadt suchen. In Gedanken sah er sich schon durch Kaschemmen streifen, in denen ununterbrochen Karten gespielt, geraucht, gesoffen und geflucht wurde. Er sah sich durch Waschküchen und die Bleichereien Haarlems laufen, in denen es unentwegt feucht war, sodass man sich leicht erkältete. Nur diejenigen, die sonst nirgends eine Arbeit fanden, arbeiteten dort. Oder noch schlimmer: Er sah sich in Gedanken abends oder gar nachts durch die dunklen Gassen in der Nähe der Bakenessergracht kriechen, in denen es von Seeleuten und Reisenden nur so wimmelte. Es war doch undenkbar, dass er die Frau erst kaufen musste, um zu erfahren, ob sie Verspproncks Skizzen entsprach. In wie viele Spelunken würde er sich begeben müssen, um sie zu finden? Ganz zu schweigen vom Risiko, von einem seiner Kunden entdeckt zu werden oder sich irgendeine Krankheit zu holen. Es schien ihm eine unmögliche Aufgabe.

Besser war es doch, die ganze Geschichte auf sich beruhen zu lassen. Wer weiß schon, wie die Frau auf dem Porträt heute aussieht, dachte er, während er alleine durch das Haus ging, während seine Katze ihm hinterherlief. Es wäre doch viel klüger, allein zu bleiben, als sich noch einmal in ein Abenteuer zu stürzen. Dafür war er mit seinen einundfünfzig Jahren nun wirklich zu alt. Abenteuer waren etwas für junge Menschen. Sie sind gierig nach dem Leben – aus Unerfahrenheit. Sie glauben, da draußen sei viel zu holen, während doch jeder, der über dreißig ist, genau weiß, dass es da draußen bitter wenig gibt. Es ist klüger, man begnügt sich mit dem Erreichten und führt ein zufriedenes und ruhiges Leben im eigenen Heim. Es war genau das Leben, das er seit Jahren führte. Seine Schwester hatte ihn zwar vom Gegenteil zu überzeugen versucht, aber es hatte ihn nie wirklich berührt.

Es passte ihm gar nicht, dass Engel Verspronck sich aus der Deckung gewagt hatte. Anstatt mit Malerzeichnungen oder Porträts daherzukommen, hätte man doch besser gleich die Person zu ihm geschickt. Er musste aber zugeben, dass seine Suche nach der Frau auf dem Porträt insgeheim weitergegangen war, auch wenn er es sich zunächst nicht eingestanden hatte. Es war, als könne er nicht sterben, bevor er das Rätsel der unbekannten Frau nicht gelöst hatte. Schaffte er es nicht, so schien es ihm, dann müsste er sogar nach seinem Tod weitersuchen – und wer wusste schon, wer ihm da würde helfen können.

Die Mappe war ein Fluch. Nach Jan de Brays Besuch hatte er die Sache für beendet betrachtet. Die Aufgabe, die Frau zu finden, war ihm unlösbar erschienen – wenn sie überhaupt noch lebte. Er brauchte doch nur irgendwo in Haarlem herumzuspazieren oder eine Einladung zu einem Empfang anzunehmen, und schon wurde ihm eine der unverheirateten Töchter des Hauses angeboten. Manche genierten sich so wenig, dass sie sogar ihre Töchter mitbrachten, wenn sie zum Kauf eines Gemäldes zu ihm ins Haus kamen. Er hätte nur zuschnappen müssen. Natürlich hatte er sich die Damen angeschaut, aber er hatte immer etwas auszusetzen gehabt.

Im Stillen hatte er gedacht, dass er warten müsse, bis die Richtige ins Haus trat – die, zu der er ohne Vorbehalt ja hätte sagen können. Aber er hatte seit zehn Jahren nie ja sagen können. Noch nicht einmal ein bisschen ja. Im Grunde war es immer ein *Nein* gewesen, selbst wenn die Kandidatin hübsch aussah. Vermögend musste sie nicht sein, denn das war er selber. Und von Bildung hielt er auch nicht viel. Was wurde ihm nicht alles angepriesen? Wenn die Damen nicht gut nähen oder klöppeln konnten, spielten sie ausgezeichnet Cembalo oder die Laute. Manche schrieben Verse oder sangen wie eine Nachtigall. Andere hatten Latein studiert oder malten so gut wie Judith Leyster, wenn man den Beschreibungen der Eltern Glauben schenken durfte. Die Eltern dachten wohl, dass er nach dem weiblichen Frans Hals oder Rembrandt auf der Suche war. Wenn er gute Gemälde wollte, brauchte er sie nur zu kaufen.

Einmal hatte er sich dann doch in eine vornehme Witwe verguckt, die ein Blumengemälde von Jan Knoop bei ihm gekauft hatte. Sie war ohne Begleitung zu ihm gekommen, was an sich erstaunlich gewesen war. Sie hatte sich reichlich Zeit genommen, das vorhandene

Inventar seines Gemäldezimmers zu inspizieren. Das Blumenstück war nur ein zweitklassiges Werk gewesen. Allein diese Tatsache war für de Koninck schon Grund genug gewesen, sich nicht weiter für die Person zu interessieren. Aber sie machte keine Anstalten zu gehen, und er hatte sich gezwungen gesehen, Neeltje um zwei Gläser Weißwein zu bitten, nachdem sie sich gesetzt hatten. Als Neeltje mit den beiden Gläsern erschien, wäre er am liebsten gleich wieder aufgestanden und hätte die Dame zur Tür begleitet. Aber sie redete unentwegt weiter und stellte ihm belanglose Fragen über Malerei. Sie hatte ihn immer wieder verführerisch angeschaut, und er hatte das Gefühl gehabt, als hätte er sein Haus – Neeltje inklusive – vor ihren Avancen schützen zu müssen. Er hatte es dann dank des üblichen Vorwands, dass er sich noch einen Nachlass anschauen müsse, geschafft, die Dame zum Gehen zu bewegen. Er hatte das Glöckchen geläutet, damit Neeltje sie zur Haustüre bringen konnte. Die Sache mit der Witwe ließ ihn davon absehen, weitere Angebote überhaupt in Erwägung zu ziehen. Wenn eine Kundin ohne Begleitung auftauchte, kam das Glöckchen zum Einsatz, und Neeltje unterstützte ihn darin, den Verbleib der weiblichen Person in seinem Haus so kurz zu gestalten wie möglich.

Kapitel 25

De Koninck nahm Maarten de Bray mit auf Auktionen. Er zeigte ihm, worauf es ankam: was er kaufen sollte, zu welchem Preis, und von welchem Maler er besser die Finger ließ, weil es sich nicht lohnte, Geld in ihn zu stecken. Er kannte sein Klientel, dessen Geschmack, und den Preis, den es bereit war zu zahlen – etwa für ein gutes Werk von Gerrit Dou oder Gerard ter Borch. Er ließ den jungen Mann raten und korrigierte ihn, wenn nötig. Es dauerte nicht lange, bis er ihn selbst bieten ließ – etwas, das er bis dato nur sehr erfahrenen Strohmännern überlassen hatte.

Er lehrte ihn vor allem, wie man bei Nachlässen vorzugehen hatte. Man sollte eine säuerliche Miene aufsetzen, als wäre man selbst vom Tod eines Verwandten betroffen. Wenn das Inventar gezeigt wurde, sollte man vor allem nicht zu sehr zeigen, dass man an diesem oder jenem Werk interessiert war. Zwar sollte man alles genau registrieren, was einem gezeigt wurde, aber man sollte so tun, als handelte es sich nur um zweitklassige oder gar drittklassige Ware. Nach einem schnellen Rundgang sollte man sich schleunigst Richtung Ausgang begeben, und wenn man dann gefragt wurde, ob es etwas gäbe, wofür man Geld zu zahlen bereit wäre, sollte man zuerst einen tiefen Seufzer von sich geben. Bemerkte man dann den Schrecken auf dem Gesicht des Verkäufers, sollte man ihm für das Gesamtinventar ein Angebot machen, das weit unter den Erwartungen lag. Akzeptierte der Verkäufer – was oft geschah, weil die meisten ihre Bilder loswerden wollten oder auf schnelles Geld aus waren –, hatte man den Krieg bereits gewonnen, sagte de Koninck zu Maarten de Bray. Begann der Verkäufer zu verhandeln oder war er der Meinung, der Preis sei viel zu niedrig angesetzt, gab es eine ganze Litanei von Argumenten, die Maarten de Bray auswendig lernen musste. Man musste zunächst die Lagerungskosten für die Gemälde erwähnen. Dann sollte man schildern, wie viel Zeit notwendig war, um überhaupt ein Gemälde zu verkaufen. Man sollte nicht vergessen, die ständigen Kriege zu erwähnen, in die die Vereinigten Provinzen verwickelt waren, und die Ungewissheit ihrer Ausgänge, die die Käufer davon abhielt, Luxusgüter wie ein teures Gemälde zu erwerben. Kurz: Es sollte der Eindruck erweckt werden, dass der Beruf des Kunsthändlers die risikoreichste Tätigkeit war, die man sich überhaupt denken konnte. Bemerkte man in den Augen des Verkäufers eine gewisse Resignation oder das Gefühl, die Sache schnell hinter sich bringen zu wollen, sollte man mit einem flüchtigen Blick auf das Inventar so etwas sagen wie: „Nun gut, ich gebe Ihnen so viel Gulden für ..." Man musste den Preis geringfügig anheben und somit den Eindruck erwecken, als käme man ihm entgegen. In aller Regel bekam man dann den Zuschlag. Man müsse verstehen, sagte de Koninck, dass die Leute bei einem Sterbefall in Eile waren, weil sie die Sache lieber gestern als heute hinter sich gebracht hätten. Und genau darin bestünde ihr Geschäft: Die Kunsthändler seien diejenigen, die ihnen diese Last abnahmen – und zwar zügig. Und sie waren auch diejenigen, die gleich bares Geld in die Häuser der Verstorbenen brächten – was immer willkommen und in nicht wenigen Fällen sogar brotnötig war.

Nach einigen Nachlässen ließ de Koninck den jungen Mann sogar die Verhandlungen führen. Einmal brachte er einen so tiefen Seufzer von sich, als der

Verkäufer sich nach dem Preis erkundigte, dass de Koninck sich ziemlich zurückhalten musste, um sich nicht vor Lachen zu biegen. Er sah sich gezwungen, einen Hustenanfall vorzutäuschen. Erst als man ihm ein Glas Wasser angeboten hatte, schaffte er es, sich zu beruhigen. Er ließ Maarten de Bray den Rest der Verhandlung führen, die kurz war, denn der Verkäufer akzeptierte den genannten Preis, als wäre es fast eine Zumutung, für all diese Machwerke überhaupt Geld zu verlangen. Gut gelaunt kamen die beiden wieder zu Hause an. Während die Knechte die Gemälde ins Gemäldezimmer brachten, erklärte de Koninck bei jedem Stück, was er dafür verlangen würde. Ebenso gut gelaunt begaben sich beide Männer dann in die Küche, in der Neeltje schon mit den dampfenden Töpfen auf sie wartete.

Kapitel 26

Der Sommer des Jahres 1668 war einer der wärmsten der vergangenen Jahre. Wer einen Buitenplaats hatte, verbrachte einen Großteil seiner Zeit dort. Die junge Republik hatte im Jahr zuvor Frieden mit den Engländern geschlossen. Die Versuche der umliegenden Großmächte England und Frankreich, das kleine Land an der Nordsee in die Schranken zu weisen, waren gescheitert. Die Städte Haarlem und Amsterdam hatten sich von der letzten Pestepidemie erholt. Man glaubte wieder an die Zukunft und hoffte, dass die kommerziellen Erfolge der niederländischen Flotte das Land weiter bereichern würden. Am Ende, so sagten nicht wenige, werde jeder reich sein.

De Koninck ließ es zu, dass die Mahlzeiten draußen im Hof eingenommen wurden. Das war seit dem Tod seiner Frau nicht mehr geschehen. Es gab Würste, ausgezeichnetes Weißbrot und französische Weine. Neeltje kochte Gerichte mit Muscheln und Garnelen. An manchen Tagen servierte sie Rind- oder Kalbfleisch. Zu fast jeder Mahlzeit gab es Orangen und

Feigen. Die Fortschritte, die Maarten de Bray gemacht hatte, verliehen ihm eine gewisse Genugtuung. Vielleicht wird ja doch noch etwas aus dem Jungen, dachte er.

Gelegentlich kam auch Jan de Bray zum Abendessen, was der Fröhlichkeit nur zugutekam. De Koninck betrachtete die kleine Gesellschaft ein wenig wie seine Familie, obwohl er sich im Herzen nach wie vor einsam fühlte. Nur seine Katze schien dies zu begreifen, denn sie suchte immer wieder seinen Schoß. Er fuhr fort das Tier zu streicheln, selbst als die kleine Gesellschaft bei einem Witz, den sein Freund Jan zum Besten gab, in schallendes Gelächter ausbrach. De Koninck gehörte dazu – und er gehörte nicht dazu. Er schien einer dieser seltsamen Menschen zu sein, die, obwohl es ihnen an nichts mangelte, dennoch das Gefühl hatten, dass ihnen das Allerwichtigste fehlte. Sie waren nur nicht in der Lage, es zu benennen, geschweige denn eine Lösung zu finden.

Neeltje und Maarten de Bray saßen meist nebeneinander, und de Koninck betrachtete die Nähe, die zwischen ihnen zu bestehen schien, mit Verwunderung. Neeltje schaute hin und wieder zu de Koninck hinüber, aber er wich ihren Blicken aus. Für de Koninck gehörte Neeltje zum Personal. Man hatte diese Leute zwar mit gebührendem Respekt zu behandeln, aber auch nicht mehr. Immerhin bezahlte er sie für ihre Arbeit. Er verschwendete keinen Augenblick an eine Person, von der er wusste, dass sie jederzeit ausgewechselt werden konnte. Nicht wenige Dienstmägde wurden bei kleinen Diebstählen erwischt oder bei Indiskretionen ertappt. Sie horchten ihre Herren aus, lasen Briefe, die die Hausfrau achtlos hatte liegen lassen, oder schnüffelten in Schränken herum. In einigen Fällen hatte man Dienstboten dabei erwischt, wie sie öffentlich einen Mantel, Stiefel oder sogar einen Hut ihres Herrn trugen. Dienstboten war daher nicht zu trauen, und man sollte ihnen gegenüber immer eine gewisse Distanz bewahren. Zwar wurden sie manchmal von Malern zum Gegenstand von Kunstwerken erhoben, wie dies bei Gerrit Dou der Fall war, aber das war laut de Koninck immer eine künstlerische und nicht selten kommerzielle Entscheidung. Gemälde von Dienstboten, die ihren Herren einen Streich spielten, waren gefragt. Es würde sich letztendlich genauso verhalten wie mit den Vanitas-Bildern, die heute kaum noch jemand wollte. Anfang des Jahrhunderts, als Vanitas-Bilder besonders gefragt waren, schossen die Vanitas-Maler wie Pilze aus dem Boden. Jeder begehrte ein Stück des Vanitas-Kuchens. Genauso war es heute mit der Darstellung häuslicher Aktivitäten, die von Dienstmägden ausgeführt wurden. Auch das würde eines Tages vorbeigehen.

Im Grunde war de Koninck kaum in der Lage, an etwas im Leben zu denken, das nicht in Begriffen der Malerei ausgedrückt werden konnte. Er warf einen flüchtigen Blick auf Neeltje, die nun auch mit seinem Freund Jan zu flirten schien. Er schaute zu, als würde er ein Gemälde von Gerard ter Borch betrachten. Als wäre das Geplänkel zwischen Jan und seiner Magd ein Spiel, dessen Regeln er nicht verstand.

Kapitel 27

Im Sommer 1668 gab es mehr Schmetterlinge und Käfer in den Gärten als sonst. In den Gemüsegärten gab es zwar einige Schnecken, aber man konnte sie leicht einfangen, hatte Neeltje gesagt. Es gab gutes Gemüse auf dem Markt zu kaufen, und das Essen schmeckte wieder besser. Man war erleichtert, dass man nicht den ganzen Sommer hindurch Holz für die Kamine holen musste, sofern es überhaupt welches gab. In den vergangenen Jahren hatte man sogar angefangen, Holz von abgewrackten Schiffen für teures Geld an die Bürger zu verkaufen, und nicht wenige hatten aus purer Not zugegriffen.

Es fanden wieder viele Auktionen statt, und da viele Bürger gestorben waren, gab es auch wieder mehr Nachlässe. De Koninck konnte es sich leisten, wählerisch zu sein und nur Werke erster Güte zu kaufen. In seinem Gemäldezimmer standen ganze Reihen an Gemälden an die Wand gelehnt. Er hatte nun auch wieder viele Bilderrahmen. Maarten de Bray bekam die Aufgabe zugeteilt, zu schauen, welche Bilder in welche

Rahmen passten, und de Koninck zeigte ihm, wie man ein Bild sachkundig einrahmte. Ein Bild verkauft sich in einem schönen Rahmen besser, sagte er.

Auch das Porträt der unbekannten Frau hatte er neu eingerahmt. Es war wohl einer der schönsten und teuersten Rahmen, die er hatte auftreiben können. Die Frau – seine Frau, wie er sagte – sah nun aus, als wäre sie eine Königin, und er musste sich zwingen, die Decke über den Bilderrahmen zu hängen, sobald er sein Arbeitszimmer verließ. Einmal lag seine Katze auf der Decke und weigerte sich, ihren Platz zu verlassen. Nachdem er die Decke unter ihr hervorgezogen hatte, sprang sie widerwillig von ihrem Platz und ließ sich den Rest des Tages nicht mehr blicken. De Koninck fand sie spät am Abend in einer dunklen Ecke des Gemäldezimmers. Sie hatte sich zwischen einem Bild von Cornelis Bega und der Holztäfelung versteckt, als wartete sie darauf, von ihm entdeckt zu werden. Er hob sie auf und trug sie die Treppe hoch, als würde er ein eingeschlafenes Kind ins Bett tragen.

Es war genau an diesem späten Abend im Juli, an dem es lange hell blieb und fast jeder draußen war, dass Neeltje das Porträt der unbekannten Frau zu Gesicht bekam. De Koninck war draußen im Hof auf der Suche nach seiner Katze gewesen, als Neeltje durch die offene Tür seines Arbeitszimmers die Silhouette des Gemäldes entdeckte. De Koninck hatte vergessen, die Decke über das Bild zu legen. Und obwohl es ihr untersagt war, das Arbeitszimmer ohne seine Genehmigung zu betreten, hatte sie sein Verbot ignoriert und war leise hineingeschlichen. Ein schwacher, dunkelroter Schein fiel durch die Fenster in den Raum und tauchte das Bild vor ihr in ein letztes Licht. Nur wenige Geräusche waren noch aus der Ferne zu hören. Die Stadt schien wie ausgestorben, denn ein jeder wollte so lange wie möglich von der Wärme des Sommers profitieren und machte lange Spaziergänge an der Spaarne oder entlang der vielen Gärten, die sich in der direkten Umgebung Haarlems befanden. Neeltje hatte sich kaum bewegt. Es war ihr vorgekommen, als ob die Zeit stillstand. Erst als das letzte Licht von draußen verschwunden war, die Tür zum Hof aufging und sie de Konincks schweren Schritt im Gemäldezimmer hörte, war sie ganz leise aus dem Arbeitszimmer geschlichen und hatte sich in den zweiten Stock begeben, wo sie schlief.

Kapitel 28

Es passierte an einem frühen Sonntagmorgen, als de Koninck wie gewohnt mit Neeltje in der Küche saß und seinen schwarzen Kaffee trank. Er hatte in der Nacht nicht besonders gut geschlafen und starrte verträumt ins Nichts. Neeltje würde gleich ausgehen, doch er verlangte nach einer zweiten Tasse. Als sie mit der Kanne zu ihm kam und sich zu der Tasse hinunterbeugte, sah er es. Das Spitzenmuster auf dem Kragen, den Neeltje trug, bestand aus einer Reihe von Jakobsmuscheln, und auf der linken Schulter saß eine umgedrehte Jakobsmuschel. Die Tatsache, dass Neeltje einen Fehler in ihr Muster gestickt hatte, war an sich erstaunlich, aber er erinnerte ihn an eine Stelle auf dem Porträt der unbekannten Frau. Er hatte sie mehrmals mit der Lupe studiert, ohne sie deuten zu können. Das Spitzenmuster des Kragens auf dem Porträt bestand ebenfalls aus einer Reihe von Jakobsmuscheln. Das war an sich nichts Außergewöhnliches, denn nicht wenige Frauen trugen dieses Muster. Doch an der Stelle, wo das Muster über die Schulter auf den Rücken der Frau wanderte, saß eine Jakobsmuschel, die ihm auf dem Kopf gemalt schien. Es war nur schwer zu erkennen gewesen, da Verspronck dort die Farbe geändert hatte, da das Weiß der Spitze dort in Grau überging. Bei der Betrachtung war er sich nicht sicher gewesen. Jetzt konnte er es kaum fassen: Der Fehler an Neeltjes Kragen befand sich an genau derselben Stelle wie auf dem Porträt.

Nachdem Neeltje die Kanne auf das Feuer gestellt und die Küche verlassen hatte, blieb de Koninck wie versteinert zurück, als hätte er einen Geist gesehen. Er versuchte, seine Gedanken zu ordnen. Neeltje trug den Spitzenkragen von Versproncks Magd! Hatte sie ihn von ihr übernommen? War sie mit der Frau bekannt? Als er ihr wie üblich den Stüber in die Hand gab, hatte er nur noch Augen für die umgekehrte Jakobsmuschel an ihrer Schulter, die unverkennbar das Spitzenmuster an ihrem weißen Kragen unterbrach. Seine Müdigkeit aufgrund der unruhigen Nacht war wie weggeblasen.

Als Neeltje gegangen war, begab sich de Koninck in sein Arbeitszimmer. „Verspronck lügt nie", sagte er still vor sich hin. Wenn ihm etwas aufgefallen war – sei es das kleinste Detail –, hatte er es gemalt.

Die Stelle mit der umgekehrten Muschel war auf dem Porträt zwar nur angedeutet, doch nachdem er den Fehler auf Neeltjes Kragen gesehen hatte, erkannte er ihn auf dem Porträt wieder.

Die Sonne würde an diesem Tag spät untergehen. Alle Welt war auf den Beinen. Es gab Lotterien, und man schaute sich belustigt das *Papegaaischieten* an – einen Wettkampf, bei dem Bogenschützen auf einen hölzernen, bunt bemalten Vogel auf einer hohen Stange oder einem Baum schossen. Man konnte überall eine einfache Mahlzeit bekommen. Wer genug Geld hatte, kaufte sich für einen Gulden eine komplette Mahlzeit mit Bier oder Wein. Für vier Pfennige bekam man einen Pfeifenstummel dazu. Für nur zwei Pfennige konnten Männer im Raschelhaus und Frauen im Spinnenhaus Alkoholiker, Prostituierte und Diebe und bewundern. Wer wollte, konnte gar widerspenstige Sträflinge oder das Irrenhaus besichtigen.

Es war bereits spät, als er die Haustür aufgehen und Neeltjes Schritte im Flur hörte. Er hatte den ganzen Tag im Schatten des Hauses verbracht und gewartet. De Koninck hatte auf seine Magd gewartet. Das hatte er noch nie gemacht. Er hatte sich ans Fenster seines

Gemäldezimmers gesetzt, weil dort noch etwas Licht in den Raum fiel. Die Samstagsausgabe des *Oprechte Haerlemsche Courant* lag auf seinen Knien, doch es war ihm nicht gelungen, auch nur einen einzigen Artikel zu Ende zu lesen. Als er Neeltjes Schritte in der Eingangshalle und dann in der Küche hörte, spürte er einen leichten Stich im Magen. Und dann trat Neeltje in das Gemäldezimmer, vielleicht um zu überprüfen, ob die Tür zum Hof verschlossen war. Sie hatte de Koninck in seiner dunklen Ecke zunächst nicht bemerkt, und als sie sich plötzlich umdrehte und ihn anstarrte, sah er es. Sie stand im Halbdunkel und nur wenig Licht fiel auf ihre Gestalt. De Koninck stand auf und ging wortlos auf seine Magd zu. Sie zitterte leicht, obwohl der Sommer das kühle Gemäldezimmer aufgeheizt hatte. Er blieb vor ihr stehen und schaute sie an. De Koninck schaute Neeltje zum ersten Mal an. Und wenn es etwas gab, dem er keinen Augenblick Aufmerksamkeit geschenkt hatte, dann war es das Gesicht seiner eigenen Magd, die ihm seit Jahren treu diente. Er blickte in Neeltjes ängstliches Gesicht und erkannte die Gesichtszüge, die er von seinem Porträt kannte. Er hatte sie über ein Jahr überall gesucht – nur nicht dort, wo sie am einfachsten zu finden gewesen wäre: in seinem eigenen Haus. Und dann tat de Koninck etwas, das er bislang für unmöglich gehalten hatte. Er berührte mit den Fingern seiner rechten Hand Neeltjes Gesicht. Sie zitterte jetzt am ganzen Körper und wagte kaum zu atmen. De Koninck zeichnete die Konturen ihres Gesichts nach, die im Halbdunkel kaum zu sehen waren – als führte er selbst die Pinsel Versproncks. Als wäre *er* der Maler, der das perfekte Gesicht erschuf. Es war ein Gesicht, das gealtert war. Das Leben hatte seine Spuren hinterlassen, doch die Schönheit und Eleganz waren nach wie vor zu erkennen. Wie hatte er sie nur übersehen können? De Koninck, dem nie ein Detail entging, der alles genau beobachtete und festhielt, hatte *eine* Sache jahrelang nicht angeschaut: das Gesicht seiner eigenen Magd. Er erkannte die markante Nase, die weder zu scharf noch zu groß war, sondern harmonisch die Mitte des Gesichts bildete. Ihre Wangen waren weniger straff, doch sie waren die Wangen seines Porträts. Und als de Koninck schließlich in ihre Augen blickte, die ihn mit einer Mischung aus Verwunderung und Angst ansahen, erkannte er, dass er die Frau gefunden hatte, nach der er gesucht hatte.

Sie lebte seit Jahren in seinem eigenen Haus. Er hätte nur hinschauen müssen. Er betrachtete Neeltjes schöne Augenbrauen und ihre bereits gefurchte Stirn, die noch immer ihre einstige jugendliche Schönheit verriet. Als er sie mit den Fingerspitzen berührte, sah er, wie eine Träne ihr Auge verließ. Sie lief langsam über ihre Wange und fiel auf den weißen Kragen, den sie immer noch trug.

Kapitel 29

Nachdem Verspronck gestorben war, war Geertje am nächsten Tag von Aertge Verspronck entlassen worden. Sie hatte das Verhältnis ihres Bruders mit ihr jahrelang ertragen müssen. Dass er sie vor vielen Jahren, als sie noch jünger war, auch gemalt hatte, war Jan de Bray nicht bekannt gewesen. Auch er hatte sie nicht erkannt, als de Koninck ihm das Porträt zeigte. Geertje war damals fast zwanzig Jahre jünger gewesen. Nachdem sie entlassen worden war, hatte sie Arbeit bei der Familie de Bray gefunden. Man kannte sie, weil sie mit Verspronck ein uneheliches Kind hatte. Aertge Verspronck hatte sich geweigert, das Kind aufzuziehen, und so hatte Verspronck die Familie de Bray gebeten, das Kind bei sich aufzunehmen. Dieses Kind war Maarten de Bray.

Aufgrund ihrer unehrenhaften Entlassung hatte man ihr empfohlen, ihren Namen zu ändern. Und so wurde aus Geertje Neeltje. Als de Koninck Neeltje auf Empfehlung von Jan de Bray als Magd anstellte, hatte sie ihm nichts von ihrer Geschichte erzählt und de Koninck hatte sich auch nicht dafür interessiert. Irgendwann hatte sie den Wunsch verspürt, mit ihrem Sohn zusammen zu sein. Sie sah ihn meistens nur an Sonntagen, wenn sie Ausgang hatte. Man hatte Jans Bruder Dirck gebeten, bei de Koninck vorzusprechen, und so kam Maarten de Bray bei ihm in die Lehre. Bis auf das Porträt wusste Jan de Bray alles. Neeltje war Anfang zwanzig gewesen, als Verspronck sie gemalt hatte. Das Porträt hatte, solange er lebte, immer in dem Zimmer gehangen, in dem er schlief, wie Neeltje zu berichten wusste. Nach seinem Tod hatte Engel Verspronck das Bild Adam Heck gegeben, damit seine Schwester es nicht verbrannte, wie sie es immer angedroht hatte.

Neeltje war gealtert, und der einstige Glanz und die Schönheit ihrer Jugend waren verblasst. Doch wer genau hinsah, konnte ihre Schönheit erkennen. Menschen haben viel mit Gemälden gemeinsam, hatte Verspronck gesagt. Sie haben ähnliche Probleme, wenn sie altern.

Nachwort des Autors

Zwischen 1573 und 1620 stieg die Einwohnerzahl der Stadt Haarlem von 18.000 auf fast 40.000. Damit wurde Haarlem nach Amsterdam und Leiden zur drittgrößten Stadt der Republik der Vereinigten Niederlande. Die meisten Neuankömmlinge stammten aus den südlichen Niederlanden und flohen vor den Religionskriegen in den Norden. Die alteingesessene Bevölkerung bezeichnete sie daher als *„Spanische Brabanter"*, verwendete aber mitunter auch abwertende Begriffe wie *„Knoblauchfresser"*. Es dauerte einige Generationen, bis sich die Immigranten vollständig in die Gesellschaft integrierten. Trotz mancher Vorurteile trugen sie maßgeblich zum wirtschaftlichen Aufschwung Haarlems bei.

Auch zahlreiche Künstler aus dem Süden ließen sich in Haarlem nieder, darunter Persönlichkeiten wie Karel van Mander (1548–1606) aus Molenbeke bei Kortrijk sowie der Zeichner und Kupferstecher Hendrick Goltzius (1558–1616) aus Mulbracht bei

Venlo. Goltzius gilt als der Begründer der Haarlemer Akademie. Auch die Familie des wohl bekanntesten Haarlemer Malers, Frans Hals, stammte aus den südlichen Niederlanden. Es lässt sich mit Recht sagen, dass das Herz der niederländischen Malerei zu Beginn des Goldenen Zeitalters in Haarlem schlug. Bis etwa 1630 war die Stadt in malerischer Hinsicht sogar bedeutender als Amsterdam, weshalb man von der „Haarlemer Schule" spricht. Wohlhabende Bürger erteilten Aufträge, die ihr unmittelbares Lebensumfeld thematisierten: die Stadt selbst mit der Grote St.-Bavo-Kirche, die umliegenden Dünenlandschaften sowie Gebrauchsgegenstände und Lebensmittel des Alltags. So entstanden bekannte Genres wie die Architekturmalerei, Meeres- und Dünenlandschaften, Winterlandschaften, Mahlzeitstillleben und auch Blumenstillleben

Der Maler Johannes Cornelisz. Verspronck, der in meinem Roman eine wichtige Rolle spielt, verbrachte sein gesamtes Leben in Haarlem. Er wurde dort zwischen 1600 und 1603 geboren und am 30. Juni 1662 ebendort begraben. Obwohl ihm etwa 100 Gemälde zugeschrieben werden, ist über sein Leben nur wenig bekannt. Als Mitglied der Haarlemer Lukasgilde hatte er vermutlich Kontakt zu allen relevanten Künstlern seiner Zeit, darunter Frans Hals, Jacob van Ruisdael, Jan Steen, Pieter Saenredam und Judith Leyster. Auch wenn er im Vergleich zu berühmteren Zeitgenossen wie Rembrandt, Hals oder Vermeer weniger bekannt ist, war Verspronck ein bedeutender Künstler seiner Epoche. Er malte ausschließlich Porträts und spezialisierte sich auf die präzise Darstellung von Details wie Juwelen, Stoffen und Spitzen. Dadurch wurde er besonders von Auftraggebern geschätzt, die ihre Frauen oder Töchter porträtieren lassen wollten. Eines seiner bekanntesten Werke ist das „Porträt eines jungen Mädchens in Blau" (1641), das heute im Rijksmuseum in Amsterdam ausgestellt ist. Zwischen 1945 und 1955 war das Mädchen auf dem 25-Gulden-Schein der Niederländischen Zentralbank abgebildet. Das im Roman erwähnte Porträt einer unbekannten Frau existiert jedoch nicht, wenngleich Verspronck mehrere Bildnisse geschaffen hat, deren Dargestellte heute unbekannt sind.

Die wissenschaftliche Literatur zu Verspronck ist im Vergleich zu den umfassenden Studien über

Vermeer, Rembrandt oder Hals eher spärlich. Das Wenige, was wir über ihn wissen, lässt sich in einigen Sätzen zusammenfassen: Verspronck lebte Zeit seines Lebens in Haarlem. Er wurde ab 1632 Mitglied der Haarlemer Lukasgilde und malte Porträts für die (meist katholischen) Bürger der Stadt. Er kaufte für sich und seine Geschwister Engel und Aertge ein Haus in der Jansstraat. Selbst bezüglich seiner Ausbildung besteht keine Sicherheit. Vermutlich wurde er zunächst Schüler seines Vaters Cornelis Engelsz Verspronck. Ob er auch im Atelier von Frans Hals ausgebildet wurde ist umstritten.

Eine erste biografische Skizze erschien 1718 in Arnold Houbrakens Werk *Die große Schau der Niederländischen Maler und Malerinnen*. Eine bedeutende Monografie stammt von R.E.O. Ekkart: *Johannes Cornelisz. Verspronck: Leven en werken van een Haarlems portretschilder uit de 17de eeuw* (Haarlem, 1979). Ich fand Hinweise zu einzelnen Werken in Ausstellungskatalogen und Sammlungsbeschreibungen renommierter Museen. Besonders hilfreich für die Entwicklung meiner Erzählung waren eine Studie zu den Bildträgern von Verspronks Werken, erstellt von

Prof. Dr. Ella Hendriks (Universität Amsterdam), sowie die technische Analyse *Consistent Choices: A Technical Study of Johannes Cornelisz Verspronck's Portraits in the Rijksmuseum* von Anna Krekeler und Kollegen.

Die Hauptfigur meines Romans, der Kunsthändler Baltasar de Koninck, ist rein fiktiv. Mein Wissen über den bereits im 17. Jahrhundert etablierten Kunsthandel stammt aus zwei Fachwerken: Marion Boers: *De Noord-Nederlandse kunsthandel in de eerste helft van de zeventiende eeuw* sowie Friso Lammertse: *Uylenburgh & Zoon: Kunst en Commercie van Rembrandt tot De Lairesse 1625–1675*. Bekanntlich arbeitete Rembrandt von 1631 bis 1635 für den Kunsthandel Uylenburgh in Amsterdam und lernte dort Saskia Uylenburgh, die Nichte des Kunsthändlers, kennen, die er 1634 heiratete.

Der Kunsthandel war im 17. Jahrhundert übrigens nicht nur professionellen Händlern vorbehalten. Sogar einfache Hausfrauen handelten mit Kunst und wurden *uytdraegster* genannt. Schätzungen zufolge wurden im Holland des 17. Jahrhunderts zwischen fünf und zehn Millionen Kunstwerke produziert. Daten über den Kauf von Gemälden in Delft zeigen, dass etwa zwei Drittel der Bevölkerung Gemälde besaßen und dass durchschnittlich elf Gemälde pro Haushalt vorhanden waren. Gastwirte, Buchhändler, Händler religiöser Gegenstände, Juweliere, Blumenhändler und Rahmenmacher handelten mit Kunst. Auch auf Messen und in Wohltätigkeitslotterien wurden Gemälde verkauft. Meist jedoch waren die Maler selbst ihre eigenen Händler und verkauften sowohl ihre eigenen Werke als auch die ihrer Kollegen.

Zur Künstlerfamilie de Bray konnte ich wertvolle Informationen aus dem reich illustrierten Kunstbuch *Salomon, Jan, Joseph en Dirck de Bray, vier schilders in een gezin* von P. Biesboer und F. Lammertse gewinnen. Jan de Bray – im Roman ein Freund von Baltasar de Koninck – war der Sohn des Malers und Architekten Salomon de Bray. Er spezialisierte sich auf Porträts und Historienmalerei und leitete zudem die örtliche Lukasgilde. Während der Pestepidemie von 1664 verlor er seinen Vater Salomon und seinen Bruder Joseph. Dirck de Bray war Maler, Zeichner, Holzschnitzer, Buchbinder und Grafiker. Um 1680 trat er als Laienbruder in das Kloster Gaesdonck bei Goch ein, wo er 1694 verstarb.

Die Figur Maarten de Bray, die in meinem Roman Lehrling von de Koninck wird, ist frei erfunden. Auch die Charaktere Adam Heck, Anna Theodora und Neeltje entstammen meiner eigenen Fantasie. Für die Darstellung der Rolle und Aufgaben des Hauspersonals zog ich Simon Schamas Werk *Overvloed en onbehagen: de Nederlandse cultuur in de Gouden Eeuw* heran, das als eines der Standardwerke zum Leben in den Niederlanden des 17. Jahrhunderts gilt.

Das von Verspronck porträtierte Ehepaar Eduard Wallis und Maria van Strijp ist historisch belegt. Beide Gemälde sind im Rijksmuseum in Amsterdam zu bewundern. Eduard Wallis entstammte einer Familie schottischer Wollhändler, die über Zeeland nach Haarlem eingewandert war. Später wurde er Regent des Haarlemer Aalmoeseniers-, Arm- und Werkhauses. 1652 ließen sich Eduard Wallis und Maria van Strijp von Verspronck porträtieren, nachdem dieser bereits acht Jahre zuvor Marias Mutter, Adriana Croes, gemalt hatte.

Das Landgut Elswout in der Nähe der nordholländischen Stadt Overveen bei Haarlem existiert tatsächlich. Seit 1970 gehört das etwa 85 Hektar große

Gelände der Forstverwaltung. Es gilt als eines der schönsten und am besten erhaltenen Landgüter der Niederlande. Die im Roman beschriebene Geschichte basiert auf authentischen Begebenheiten, wobei die Beziehung zwischen Baltasar de Koninck und dem damaligen Eigentümer Gabriel Marselis frei erfunden ist. Heute ist der Park für die Öffentlichkeit zugänglich.

Auch von Peter Devaere

Amsterdam 1682. Der junge Maler Adriaen Coorte schwängert die Tochter seines Lehrmeisters Melchior d'Hondecoeter , der ihn daraufhin zwingt, sie zu heiraten. Als das Kind bei der Geburt stirbt, fühlt sich Coorte von seiner Heiratspflicht entbunden und flieht über Nacht aus der Stadt.

Coorte beginnt ein neues Leben auf der Insel Walcheren in Zeeland und findet dank seiner Liebe zur Küchenmagd Hendrikje zu sich selbst.

Aber die Schatten seiner Amsterdamer Vergangenheit holen Coorte ein und zwingen ihn, sich ihnen zu stellen.

Ein Roman über den erst im 20. Jahrhundert wiederentdeckten Maler Adriaen Coorte, der von den Kennern mittlerweile auf einer Reihe mit Rembrandt, Hals und Vermeer gestellt wird.

Über den Autor

Peter Devaere, geboren 1964 in Brügge (Belgien) wuchs in einer flämischen Künstlerfamilie auf. Obwohl er zunächst als Musiker aktiv war, verspürte er bereits früh eine Neigung zum Schreiben. In 1988 zog er nach Deutschland und begann auf Deutsch zu schreiben. 2002 erschien „Das Appartement", sein erster Roman auf Deutsch. Neben literarischen Texten ist er als Autor von Sachbüchern tätig.